Marino Caboga

Ludwig Achim von Arnim

Dramatische Erzählung in drei Handlungen

Personen.

Herzog von Ragusa.

Procoli Caboga, ein edler Ragusaner.

Marino Caboga, ein edler Ragusaner.

Marina.

Crook, holländischer Gesandte am türkischen Hofe.

Cornelia Crook, seine Tochter.

Mitrovich, ein morlackischer Kriegsmann.

Czirich, ein morlackischer Kriegsmann.

Hitrov, und andere Morlacken.

Cassuba und Polo, Ragusaner.

Carofilli, ein Weber.

Bettler.

Ratsherrn, Wachen, Mönche, Volkshaufen.

Ort: Ragusa. Zeit: 1667.
Zum erstenmal aufgeführt von der neu errichteten Theaterschule auf dem Theater des Marchese, im Casale der Maremme, sonst genannt die Krähenhütte auf der Seehütung.

Prolog

JOHANNES MÜLLER *tritt aus dem Bücherschranke herunter und spricht.* Langsam erhob sich Ragusa von den Trümmern des großen Erdbebens: sechstausend Bürger waren in demselben verschüttet, die übrigen zerstreut worden. Der große Rat war versammelt, als der Stoß den Palast einstürzte, welches den ganzen Adel begrub. Marino Caboga, ein leidenschaftlicher Jüngling, der im Senat seinen Oheim umgebracht hatte, war im Gefängnis, als die Mauer von dem Erdstoße brach. Indessen von allen Seiten Flammen auflodern und Räuber sich rotteten, ergriff hoher Sinn den Marino Caboga. Er rief die Reste der Bürger zur Rettung ihrer Vaterstadt zusammen, so stellte er Ragusa her.
BÜSCHING *bietet ihm die Hand und spricht weiter.* Die Republik Ragusa begreift ein Stück von Dalmatien und liegt am Adriatischen Meere, ist aber klein. Die Einwohner sind slawonischen Ursprungs, reden aber fast insgesamt italienisch. Der türkische Kaiser ist ihr vornehmster Schutzherr. Die Hauptstadt Ragusa ist wohlgebaut, hat einen berühmten Hafen.

Beide steigen auf die Bücherrepositorien zurück, von denen sie herabgestiegen waren.

Erste Handlung

Ragusa. Eingang der Marienkirche. Wohlgeordnete Sitze bezeichnen in einer Kapelle den Ort, wo sich der Rat bei feierlicher Gelegenheit versammelt. Ein Bettler mit einem Stelzfuße steht an der Türe. Carofilli, der Weber, tritt ein, sieht sich nach allen Seiten um.

BETTLER. Gewiß, du suchst mich, mir etwas in die Hand zu drücken.

CAROFILLI *drückt ihm die Hand.* Mehr kann ich dir nicht geben, Alter.

BETTLER. Der Händedruck ist mehr wert als ein Skudi, den so ein reicher Herr aus Übermut mir reicht, und in der Angst, ich möchte ihn mit meiner Hand berühren, mir vor die Füße fallen läßt zur Erde, daß ich gleich einem Hund mir meinen Brocken suchen soll, und soll ihn doch nicht beißen, wie ein Hund.

CAROFILLI. Zehntausend Arten Aussatz nähren sich von solchem reichen Leibe, die Ärzte müssen täglich an ihm flicken, das Beichten nimmt kein Ende, doch halten sie uns armen Leute für vergiftet, weil wir uns nicht das Haar mit Rosenöl gesalbt. Das türkische Rosenöl kommt teuer mir zu stehn! Weil ich die Schatzung zum Tribut der Türken nicht zahlen konnte, haben sie den Webstuhl mir verkauft und mich gezwungen, die schweren Beutel in das Schiff zu tragen. Mit meinem Weberschiffe wußte ich umzugehn, doch nicht auf solchem Seeschiff, ich fiel und habe mir den Arm verstaucht.

BETTLER. Bist besser dran als ich. Sie zwangen mich, die Falken für die Spanier im Gebürg zu fangen, die ihnen als Tribut versprochen, da brach ich dieses Bein, und ward aus einem rüst'gen Kerl zum Krüppel. Gott weiß, warum er uns verdammt, den Völkern aller Art Tribut zu zahlen, und sind doch edler als sie alle.

CAROFILLI. Das macht der Handel der Geschlechter, sie wollen überall ihr Wesen treiben, die Freundschaft fremder Völker müssen wir bezahlen. Sie sind mit nichts zufrieden, was das Land gezogen; sie wollen türkische geblümte Zeuge tragen, mit Griechenweine ihre Kehlen netzen. Nur Fremdes gilt. »Zieht hin«, so ruf ich oft, »werdet Türken, wir sind dann aller Sorge ledig, und wollen uns schon selbst regieren.«

BETTLER. Es wird bald alles anders werden, ich spür's in meinem Fuße, mir ist's, als trüg ich ihn noch unversehrt. Es liegt was Großes in der Luft.

CAROFILLI. Nun freilich, mit der Luft kam's an, mit gutem Winde, ich mein das Schiff.

BETTLER. Was für ein Schiff?

CAROFILLI. Du sahst doch, daß ich etwas suchte hier.

BETTLER. Das Schiff der Kirche? Von der soll's kommen? Die Kirche plündert auch die Armen aus, und schont nicht der Reichen.

CAROFILLI. Nicht doch, das Schiff warf gestern abend Anker, ich weiß nicht, wie es heißt, es brachte den holländischen Gesandten mit der großen blonden Tochter, er geht nach Konstantinopel, und auf dem Schiffe kam auch der Caboga.

BETTLER. Marino Caboga?

CAROFILLI. Ich sucht ihn hier, denn dies ist seine Kirche, er kauft mir sicher einen andern Webstuhl. Es war mein Spielkamerad, der hielt auf Ordnung, wir folgten ihm, ogbleich er keinem zu befehlen hatte, denn keiner von den Seinen unterstützte ihn, ich glaub, sie hätten's gern gesehn, wenn wir ihn tot geschlagen. Ach, würde der Caboga Herzog, da könnte ich in Ruh mein Handwerk treiben, er würde meine Webereien zu verschiffen wissen.

BETTLER. Du bist noch jung, hast noch nicht viel erlebt. Wenn der Caboga erst das rote Kleid hätte angezogen, da könnt er sich auch nicht mehr rühren, es ist gar eng und warm, die Herzogskrone kühlt das Hirn, er würde den angeerbten Schnupfen nicht mehr los.

CAROFILLI. Willst du mir noch das bißchen Hoffnung nehmen, so wär's mir recht, wenn alles heut zu Grunde ginge, die reiche Stadt mit allem meinem Plunder.

BETTLER. Du armer Narr, du denkst, daß Sonn und Mond mit deinem Webstuhl sollen stille stehn.

CAROFILLI. Nein, nein, sie mögen dreifach glänzend über uns sich zeigen, denn meine Augen sehen den Caboga.

Procoli und Caboga treten ein.

CABOGA *zu Carofilli.* Sieh, Carofilli, ich irre nicht, du bist's!

CAROFILLI. Ja, lieber Herr, ich weiß nicht, wie ich Euch soll nennen denn Freud und Jammer drücken noch das Herz mir ab. O, nur ein heimlich Wort, ich schäme mich.

CABOGA. Vertrau mir alles. *Er geht mit ihm zur Seite, sie sprechen sachte, und Caboga steckt ihm etwas zu, worauf sich Carofilli mit Bewegungen des Danks entfernt.*

PROCOLI *zum Bettler.* Da, Stelzfuß, hast du deinen Teil von Gottes Segen. So schwere Münzen sind dir wohl lange nicht gefallen. Bete für mich, daß Gottes Segen noch ein paarmal so über mich komme.

BETTLER. Dank, Herr! Wie heißt Ihr, Herr? Damit die Heiligen mich verstehn, für wen ich bete.

PROCOLI. Was? Du kennst mich nicht, den Procoli aus der Venezianerstraße, den sogenannten Vogel Greif von meinem Hauszeichen?

BETTLER. Nein, Herr, wir Bettler kennen Euer Haus noch nicht.

PROCOLI. Überlauf mich künftig nur nicht, ich bringe schon selbst, wenn es gut geht. Also, du betest für Procoli Caboga, und auch für den Neffen, Marino Caboga, denn dem danke ich diesen Gewinn.

BETTLER. Gern will ich für den Caboga beten. Heil Euch, junger Herr, ich sah Euch als Kind, nun seid Ihr ein großer Kaufmann geworden, und habt Euren Oheim reich gemacht.

CABOGA. Oheim, Ihr macht mich schamrot, Ihr ehrt den Glückswurf allzu hoch in mir, da, Alter, hast du auch von mir ein Scherflein, damit ich Anteil habe an deinem Gebete.

BETTLER. Ihr schenkt mir, ohne zu sehen, was Ihr aus Eurer Tasche zieht, so nehmt auch etwas aus meinem kleinen Liederkram, wie ich es fasse, wie's das Glück mir in die Hände gibt. *Er reicht ihm ein Blatt, und geht nach einer andern Seite der Kirche.*

CABOGA. So recht, du hast Ehre im Leibe, und willst nichts umsonst annehmen. Ich muß doch sehen, was das Glück mir hat verehrt.

Er liest.

Seh ich aus der feuchten Höhle
Meiner Augen in die Welt ...

Nein, das paßt, wie Faust aufs Auge, will es aufheben auf künftige Tage, heut habe ich zum Weinen keine Zeit. O, ich habe auch meine traurigen und müßigen Tage gehabt, doch nun ist's überwunden, und ich habe mit ernstem Schwüre mir angelobt, der Welt zurückzuzahlen, was sie mir verliehen, was aufmunternd und belehrend mich dem Dumpfsinn unglücklicher Jugendgefühle entrissen hat.

PROCOLI. Ihr sollt keine traurigen, keine müßigen Tage mehr erleben, Ihr sollt für mein Haus reisen, ich lasse Euch einen Anteil am Gewinn. Weiß Gott, ich hätte Euch solche gute Spekulation nicht zugetraut, wie Ihr mir mit den Korallen gemacht habt. Das Doppelte haben die Holländer bezahlt, die Venezianer betrogen mich, wart, wart, ich will sie wieder betrügen.

CABOGA. Dank, lieber Oheim, für Euer Anerbieten, aber ich bin nicht geschaffen es anzunehmen. Den Handel habe ich wohl kennen gelernt auf meiner Reise, aber ich trieb ihn nur als Nebensache, wie ein andrer das Kartenspiel; von meinen Spekulationen führte ich nur die aus, die mir Spaß machten, und sie trugen mir so reichlich ein, daß ich überall mit Glanz auftreten konnte ohne von meinem Vermögen Euch abzubegehren.

PROCOLI. Ihr habt unserm Hause überall Ehre gemacht.

CABOGA. Es war mir nicht darum zu tun, ich suchte nur Gelegenheit alles zu sehen, was die Leute ohne Grund sonst den Fremden verbergen. Wir könnten viel, viel von den fremden Staaten lernen, viel in Künsten, mehr noch in Einrichtungen und Gesetzen.

PROCOLI. Ei was, Ihr meint, hier wäre nicht alles zum besten eingerichtet?

CABOGA. Hier? Betrug, Bestechung, Willkür überall, um *uns,* die wenigen übrigen Geschlechter von denen, die den Staat einst gründeten, statt des ganzen Volkes empor zu bringen, in Frevel und Übermut zu schützen; der Herzog immerdar ein trockener Schwamm, der sich in seinem kurzen Regierungsjahre voll saugt. Mein Herz entflammte schon früh in dem Gedanken, das alles zu bessern, aber ich wußte nicht wie! Allmählich habe ich in der Fremde gelernt, wo der Schutz gegen dieses Verderben zu finden, die Geschlechter müssen sich aufopfern, sie müssen's ihrer eignen Sicherheit wegen nicht anstehen lassen, gegenüber ihnen muß das in himmlischer Gnade verteilte Talent gelten.

PROCOLI. Stille, sachte, Neffe, daß uns nur keiner hört, es läuft mir ganz kalt über den Rücken, Ihr tragt seltsame Dinge mit Euch herum. Sollen wir das Lumpenpack, das jedem dienbar, der es bezahlt, in den Rat ziehen?

CABOGA. Euch danke ich die Freiheit, in der ich mein Vaterland kennen lernte, andre Söhne der Geschlechter werden im Kloster oder in vornehmer Abgeschiedenheit erzogen, Ihr ließet mich umherlaufen, daß ich manche Nacht in der Markthalle schlief, da lernte ich unser gutes niedergebeugtes Volk kennen, o, es ist fromm und gut wie wenige: aber diese Brut fremder Soldaten! Die schändet es, denen ist alles erlaubt.

PROCOLI. Hätte nicht gedacht, daß Ihr auf so etwas acht gegeben, als Ihr gegen meine Ermahnung umherlieft; die Leute hielten Euch damals für einfältig und schwachköpfig. Eure Handelsspekulationen zeigen Euch ganz anders, aber laßt den Staat gehen, wie er so lange gegangen, es hat auch sein Gutes zu herrschen, Ihr werdet's erfahren; schwer wird's, das Kleinste der geübten Gewalt aufzugeben.

CABOGA. Himmlisch leicht würde mir's, wenn ich durch meine Geburt nicht mitverflochten wäre in diesen Strick, der dem Volke um den Hals gelegt ist. Unsre Härte straft uns selbst, denn ungewiß unserer eignen Rechte sind wir zinsbar aller Gewalt fremder Völker, mitten in unserm Hochmut sind wir nichts als die Schergen fremder Nationen gegen unser eignes Volk: bei verschlossenen Türen müssen wir schwelgen, daß Türken und Venezianer nicht merken, wie wir reich sind. Ihr schweigt ich habe recht.

Es kommt Marina verschleiert in die Kirche; als sie Caboga sieht, bleibt sie einen Augenblick wie erschrocken stehen, dann grüßt sie Procoli und geht vorüber.

PROCOLI *leise.* Sie erkannte ihn, bei allen Teufeln, sie bebte, ich ersticke im bittern Gifte, sie bebte, das Blut spricht noch für ihn, er muß fort auf eine oder die andre Art, verfluchtes Spiel des Zufalls, dies Zusammentreffen, er wirft mir die Karten an den Kopf, aber ich will den Tisch umwerfen, daß nur ich in die Kasse greife, wenn die Lichter umstürzen.

CABOGA. Oheim, Ihr seid so nachdenklich geworden bei dem Anblick der Jungfrau, wahr ist's, ihre Gestalt trat mir bekannt entgegen, eine edle Gestalt, vielleicht eine der Unsern. Etwa die Procoli von Delphin?

PROCOLI. Weit gefehlt, mein junger Herr, nichts Edles, aber darum nicht weniger niedlich, das schöne Kind setzt mich beim bloßen Anblick wie ein Blitz in Feuer und Flammen, und ich ärgre mich, daß ich in der Kirche bin, kommt Eurem Oheim nicht in die Wildbahn, meine schöne Gärtnerin ist wohlbezahlt. Ihr seht mich an, junger Herr? Auch unser einer wird geliebt, und meine Gärtnerin kann neben dem Bilde von Raphaels Gärtnerin bestehen.

CABOGA. Ihr scherzt; wie strenge habt Ihr mir sonst vorgepredigt, alle höllischen Feuer sollten einst den Buhlern ewiglich durch die Adern laufen.

PROCOLI. Ihr waret noch zu jung, als Ihr hier die Liebschaft anfingt mit der Tochter des Fischers, Gott weiß wie sie hieß; auch nahmet Ihr die Sache zu ernsthaft. Das Sprichwort sagt: »Jugend schont, Alter lohnt«, so habe ich's gemacht, und kein Mensch soll mir die sechzig Jahre ansehen. Habe noch kein weißes Haar auf dem Kopfe, alle Zähne im Munde, kann Nächte verschwärmen, und bin doch Morgens an meinem Zahltische so wach, daß ich ein schlechtes Geldstück auf zehn Schritte sehe. Jetzt seid Ihr kein Kind mehr, Neffe, das Ammenmärchen von der Hölle habt Ihr, denke ich, ausgeschwitzt, hinter uns und vor uns ist nichts, darum mit vollen Zügen erworben und genossen, seht hier meine Lebensweisheit. Seid aufrichtig, Ihr seid nicht häßlich, die fremden Weiber müssen Euch liebgewonnen haben, beschreibt mir ein paar Eurer Abenteuer, ich höre so etwas gar gern. Sind sie auch schöner wie die Regierungsformen? Sprecht frei von der Leber. *Vor sich.* Ich will ihn dabei zu seiner bebenden Schönen heranführen, sie soll einen doppelten Schreck bekommen, wenn er von seinen liederlichen Streichen los legt.

CABOGA. Ich ich soll Euch von Liebschaften erzählen? Auf Ehre, ich weiß von keiner, viele Weiber habe ich ohne Schleier gesehen, aber ich dachte immer an Marina, so weiß ich nicht mehr, ob sie schön waren, aber klug und tätig waren sie, wie keine bei uns, vieles wußten sie zu besorgen, wozu wir hier kaum einsichtige Männer finden, und in ihrer Freiheit schienen sie treuer, als unsre Frauen hinter Gitter und Riegel.

PROCOLI *vor sich.* Sie bebte, sie bebte, noch trägt sie die Untreue wie ein unreifes Kind, aber die Zeit wird ihre Sünde reifen. Caboga muß fort. *Laut.* Eure strengen Grundsätze sind wohl nur Redensarten, die Ihr Euch in der Fremde angewöhnt habt; hier werft sie ab, hier gelten sie nichts, Ihr werdet damit ausgelacht. Die Leute meinen Euch abgelebt und überdrüssig, und Ihr kriegt keine reiche Erbin; wer vielen kann gefallen, der gefällt bald allen; vieljährige Erfahrung macht den Feldherrn, und gibt ihm das Zutrauen der Soldaten.

CABOGA. Sagt nur, wo Marina wohnt, und Ihr sollt die Freude haben, mich verliebt zu sehen; vergebens fragte ich nach ihr in ihrem Hause, nur fremde Leute sahen mich verwundert an.

PROCOLI. Marina, nicht doch, die Liebschaft könnte wieder zu weit führen, bei Gott, es fehlte nur ein Schritt, Ihr hättet das Mädchen geheiratet, und unser Geschlecht auf ewig beschimpft, da schickte ich Euch fort, und das Mädchen heiratete einen Morlacken, und zog fort, weiß nicht, wohin.

CABOGA. Einen Morlacken! Und mir hatte sie im herzzerreißenden Abschied ewige Treue auf ein Kruzifix geschworen. O, ich war freilich damals zu jung, zu treu, zu ehrlich, ich glaubte, und war selig. Fort mit dem Taumel unreifer Jahre, ich bin zu ernsterem Geschäfte geboren, alle Gedanken sollen sich in der einen Liebe zum Vaterlande verzweigen und Früchte tragen, mein Herz ringt nach Tätigkeit, nichts und niemand will ich schonen, auch mich nicht.

PROCOLI *vor sich.* Das stürzt ihn, das treibt ihn fort, und sie bleibt mir. *Laut.* Recht so, Neffe, in solcher Stimmung ist eine Bestimmung, Ihr müßt es dem Herzog und dem Rat derb unter die Nase reiben, was Ihr erfahren, sie sollen niesen. Zeigt Euch heute gleich bei Eurer Einführung in den Rat, wes Geistes Kind Ihr seid, der Eindruck verlöscht nicht wieder. So machte ich's auch, als ich eingeführt wurde. Es war ein heißer Tag, und wir gingen damals noch alle in Pelzröcken. Wie ich zum Gruße auftrete, sage ich ihnen, daß ich ihnen nichts Bessers wünschen könnte, als daß sie der Pelzröcke erledigt würden. Das war ein Orakel; ohne abzustimmen warfen alle die Pelzröcke fort, und klatschten mir Beifall in Hemdärmeln.

CABOGA. Pelzröcke legen sich leichter ab, als ungerechtes Gut und Herrschaft, ich möchte noch erst alle Schliche und Ränke der letzten Zeit sammeln, meine alten Freunde sprechen, daß mir kein Einwurf begegnet.

PROCOLI. Ihr wißt mehr als zuviel, auch habt Ihr nicht Zeit, in Eurer Rede so ins einzelne zu gehen, nur munter drauf, die meisten denken eigentlich wie Ihr, ich sehe Euch schon im Taumel nach Hause getragen, und wie mir die Ratsherren Glück wünschen, daß ich solch einen Neffen habe. *Vor sich.* Der soll anlaufen, wie ein Vogel gegen ein Glasfenster.

Mitrovich kommt eilig, winkt aus der Ferne dem Caboga, und tritt zu Procoli.

MITROVICH. Reicher edler Herr, ich spreche doch mit dem mächtigen, weltberühmten Procoli von Caboga, dessen goldner Greif alle Meere durchstreift?

PROCOLI. Kurz, mein guter Mann, ich bin kein Freund von Lobeserhebungen, und zahle keinen Pfennig dafür.

MITROVICH. Ich spreche nur, wie mir mein Herr, der smyrnaische Konsul Vandamme vorgesagt, der Eurer vor der Kirche wartet in großer Sehnsucht, weil er von Euch noch alles, was Ihr an Korallen besitzt und verschaffen könnt, ankaufen möchte; in einer Stunde geht ein Schiff nach Holland, die Sache ist dringend und die Zahlung bar.

PROCOLI. Alle Korallen, bar Geld! Freund, wenn der Handel gemacht ist, sollt Ihr nicht vergessen werden. Nehmt es nicht übel, werter Neffe, daß ich Euch verlasse, aber die Sache ist wichtig, ich komme wieder, gewiß wird heute noch eine Messe gelesen. *Ab mit Mitrovich, der wieder Caboga heimliche Zeichen macht.*

CABOGA. Ich kann den Mitrovich nicht verstehen, hat er sie gefunden, soll sie hier erscheinen, war es erlogen, was mir Procoli von ihr sagte? Wie, ist der Mann verwandelt, oder kannte ich ihn nie, wie schreckte mich sonst sein Ernst, seine Strenge, und doch bewunderte ich ihn darum, und buhlte um seinen Beifall. Wie tätig ernst umspannte seine Klugheit die Welt, und jetzt, ein buhlender Tor, der meine Klugheit bewundert, unsicher, verlegen; mit seiner Frau ist ihm sein guter Geist gestorben. Soll ich seinem Rate folgen, schon heute vor den verwöhnten Ohren des Rats die volle, klare, scharfe Wahrheit, wie einen Gewittersturm sausen zu lassen, werden sie sich tückisch verschließen, werden sie mich hören? Ich vertraue der Wahrheit, die nicht mein ist, zu der ich ringe und strebe, die, auch im schwächsten Worte mächtig, nie Überdruß erweckt, tausendfach wiederholt, die allein mein Herz befriedigt für alles, was ich liebe und vermisse.

MITROVICH *eilig herbeilaufend zu Caboga.* Hast du sie gesprochen, ist sie schon fort? Der Procoli ging in die Falle, er rumpelt mit Kisten und Kasten, das ganze Haus läuft und rennt, der Holländer spielt seine Rolle, und tut, als ob er alles kaufen will.

CABOGA. Wen soll ich sprechen? Wo? Hier? Marina? Ist sie nicht vermählt?

MITROVICH. Du hast sie nicht gesprochen? Du hast nicht meine Zeichen verstanden? Hast sie nicht erkannt? Vielleicht ist sie in der Kirche, gewiß ging sie an dir vorüber!

CABOGA. Heilige Jungfrau, sie war's, ich fühlte ihre Nähe, und wollte meinem Herzen nicht glauben. Er nannte die edle Gestalt sein Liebchen.

MITROVICH. Freilich, freilich, sie wohnt bei ihm, dreifach bewacht; draußen stehen die Morlacken, die sie in Empfang nehmen, wenn sie die Kirche verläßt.

CABOGA. Das übermannt mich, dieser Schande bin ich nicht gewachsen, die Schönheit entehrt, die ich im Staube verehrte, anbetete, von der ich nichts Unedles mir zu fabeln wagte! Es kann nicht sein, er mag sie unterstützt, erzogen haben, vielleicht kamen meine Geschenke nicht immer richtig in ihre Hände, er versprach's mir, sie ihr treulich zu übergeben, als ich meine Liebe nach seinen strengen Gründen durch ein paar Jahre Abwesenheit prüfen wollte.

MITROVICH *lachend.* Freilich, wer kennt den edlen, keuschen, großmütigen Procoli nicht? Die Mädchen betrachtet er nur wie schöne Bilder aus der rechten Ferne, und bläst den Staub davon ab. Aufgeschaut, Ihr seid ein Glückskind, und ich laufe bescheiden in mein Betwinkelchen. *Ab.*

MARINA *nähert sich Caboga, erhebt den Schleier einen Augenblick.* Caboga!

CABOGA. Bei diesem Blick, bei diesem Ruf, du bist noch mein!

MARINA. Könntest du meine Freude wägen, dich wiederzusehen, und du wüßtest, wie viel du mir giltst, und was ich dir wert bin! O, welchem Jammer hast du mich überlassen, der Gewalt des harten Procoli!

CABOGA. Dem Procoli? Mich schaudert, du bist sein?

MARINA. Noch widerstand meine Liebe zu dir seiner tollen Glut, aber gefangen bin ich ihm durch Geldschuld, und kein Recht schützt mich gegen ihn. Viele Mörder umgeben mich, sei bedächtig, begleite mich nicht, ich wäre verloren, bete zu allen Heiligen um Rat, um meinetwillen verzweifle nicht.

CABOGA. Sei ruhig, ich bin nicht mehr der unkluge Knabe, der sein Herz im Munde trug, ich kann schweigen, ich kann guten Rat nutzen, die Liebe soll meine Klugheit entzünden; bleibe, erhalte dich mir, und vertraue meinem Arm und dem Glück, das uns hier zusammenführte.

MARINA. Du kennst nicht mehr Ragusa, kennst noch nicht Procolis Tücke? Ich sehe die Morlacken, wende dich fort, leb wohl, du süßer Freund; wo wir uns wiedersehen, ist der Himmel. *Ab.*

CABOGA. Sei meiner gewiß, solange ich atme! So nahe war sie mir, und ich darf ihr nicht folgen, und wie nach himmlischer Erscheinung liegt die Welt wesenlos und nichtig vor mir offen. Sehnlich und freudig schwelte meine Seele, doch erhebt sich schon das Ungewitter der Rache über Procolis Haupt. Übermächtiger Zorn, sahst du nicht ihr mildes Augenlicht, tauche ein in dies himmlische Bad; lösche den glühenden Dolch in ihrer Milde, er lechzt nach Procolis Blut! Diesen Zorn will ich bannen und bändigen, denn Ragusa fordert heute meine Stimme, meine Liebe! Wie viele sind für sein Wohl gestorben, und brachen sich los aus den Ketten schmerzlicher und freudiger Verhältnisse. Heute will ich noch reden zu dir, geliebte Vaterstadt, dich mit Vernunft überzeugen. Wer kann sagen, ob es mir morgen noch gewährt ist? Morgen will ich die Meine erretten, und darf ich mich rächen, darf ich ausrasen, so sei es morgen. Heute diene ich dem Vaterlande aus, daß der morgende Tag ganz meine sei; o, daß ich erst abgeschlossen hätte mit diesem Tage! Ha, es nahen die Freunde aus Holland, ich kann sie nicht sprechen, jetzt nicht, aber beten will ich, und meine Unruhe in die ewige Ruhe versenken. *Ab.*

Crook, der holländische Gesandte am türkischen Hofe tritt ein mit seiner Tochter Cornelia.

CROOK. Ich nehme kein Weihwasser, das bin ich meinem reineren Glauben schuldig.

CORNELIA. Stellt Euch wenigstens so an, Vater, wir werden uns bei den Türken bald noch mehr verstellen müssen. Ich meine, Caboga kniet dort, es läßt doch gut, diese tiefe Demut in der Kirche.

CROOK. Wäre Caboga nur unseres Glaubens, ich hätte nichts gegen eine Heirat mit dir, mein liebes Kind, einzuwenden, die Hochmögenden könnten ihn an diesem Platze mit Nutzen anstellen.

CORNELIA. Gnädiger Vater, war meine selige Frau Mutter nicht katholischer Religion, und doch beweinet Ihr noch jetzt ihr Ableben? Und wenn ich am Gram sterbe, so werdet Ihr mir auch vergebliche Tränen nachweinen.

CROOK. Die Seite berühre nicht, liebes Kind, du weißt es, ich bin weichherzig. Gott gebe einen guten Ausgang, und dazu bedarf ich deines Rats und deiner Klugheit.

CORNELIA. Ich meine, wir sind auf gutem Wege, der Herzog ging heißhungrig auf das köstliche Schaugericht der Souveränität ein, er fühlt sich mächtig genug, alles noch in diesen Tagen zu erzwingen. Wir bringen die Nachricht nach Konstantinopel; und, lieber Vater, hier tritt mein Plan ein. Schon habe ich dem Herzog eingeredet, wir brauchten

Caboga als Vermittler für ihn und uns mit dem Kaiser, wir nehmen Caboga mit uns, wir empfehlen ihn durch Geschenke in Konstantinopel, wir machen die Absichten des Herzogs verdächtig, und der unschuldige Caboga wird durch türkische Macht hier als Herzog eingesetzt, seine Unschuld erntet den Lohn des Verrates, er vollbringt, wovon er so oft uns vorschwärmte, alles, was er seinem Vaterlande zu Glück und Heil wünschte. Sollte er den Dank für so viel Liebestätigkeit mir versagen? Nein, auch in der Höhe und Größe wird er meiner bedürfen.

CROOK. Jedes deiner Worte ist mir Überraschung, du treibst mich zu einem Ziele, was ich nicht ahnde, wärst du ein Jüngling, wo fändest du eine Grenze? Das geliebte Vaterland sähe durch dich die Vollendung seiner kühn begründeten Macht.

CORNELIA. Seit ich Caboga sah, berührt mich der Schmerz nicht mehr, daß ich eine Jungfrau bin, für mich soll jetzt diese Klugheit wuchern, die Ihr von mir rühmt, die ich sonst für ein unruhiges Volk vergeuden würde, dessen eifersüchtiger Freiheitssinn die glücklichsten Pläne seiner großen Männer wie Spinngewebe in einem unwirschen Augenblicke zerriß.

CROOK. Du machst mich zweifelhaft an allem, was die Erfahrung mir in langen Jahren zusicherte.

CORNELIA. Was ist Erfahrung? Gewohnheit. Was ist Gewohnheit? Ein sanfter Sieg der Zeit über die Freiheit des ewigen Geistes.

CROOK. Ich kann dir nicht folgen. Still jetzt, der Herzog kommt; jetzt laß mich auch einmal zu Worten kommen, daß ich nicht als überflüssig neben dir stehe, es ist auch Klugheit, seine Klugheit nicht immer zeigen zu wollen.

Der Herzog kommt und begrüßt sie.

HERZOG. Eure Excellenz sei uns heute ein willkommener Zuhörer der Ratsversammlung, scheut sich Eure edle Tochter nicht vor der neugierigen Menge?

CORNELIA. Mein Vaterland hat mich daran gewöhnt, die Art und Weise fremder Völker reizt mich; ich lerne gern.

HERZOG. Ihr werdet hier nichts zu lernen finden, obenein heute, wo die Zeit mit der Einführung des jungen Caboga aufgehen wird. Wann ziehen wir ihn ins Vertrauen?

CROOK. Wann? Was meinst du, Cornelia, ist es gut, ihn sogleich ins Vertrauen zu ziehen?

CORNELIA. Mein Vater meinte vorher, dazu wäre noch Zeit auf der Fahrt, seine Verschwiegenheit sei noch nicht so geprüft, wie sein Geschick zu Geschäften.

CROOK. Freilich, so meinte ich.

HERZOG. Recht so, Überraschung sichert allein mein Unternehmen; dreihundert Ungarn, die eben müßig bei meinem Landgut vorüberzogen, sind frisch geworben, ich fühle mich übermächtig, kaum kann ich die Stunde erwarten, die alles vereinigt, alles krönt.

CROOK. Eile mit Weile, gnädiger Herr. Ein Freistaat, wenn er auch noch so eingerostet ist, hat doch immer noch ein paar tausend blanke Dolche gegen den übrig, der ihn umstürzt, insbesondre gegen den Mitbürger, der sich über alle erheben will.

CORNELIA. Die Überraschung hält sie alle in der Scheide, es ist dem Mut gegeben, der Zeit entbehren zu können, und der unwillig übereilten Welt fehlt gegen ihn die Besinnung.

HERZOG. Edles Fräulein, Ihr beflügelt mich, wie sage ich wenig, wenn ich Euch ein Wunder Eures Geschlechts nenne, auch in unserm wäret Ihr ein Wunder, Euer Besitz würde Kronen sichern, verzeiht mir, wenn der Drang dieser Tage Euch so unvorbereitet die geheimen Wünsche meines Herzens aussagt, Ihr habt mich verstanden, könnt Ihr mir auch gewähren, was mein Herz mit Scheu fordert, darf ich diese Hand mir für immer zusichern?

CROOK. Gnädiger Herr, Ihr habt Cornelien überrascht, gedenkt der Verschiedenheit des Glaubens, der Sitten und Gewohnheiten.

CORNELIA. Gnädiger Herr, jetzt dürft Ihr keine Fremde freien, das wisset Ihr zu gut, seid Ihr unumschränktes Haupt der Gesetze, dann fraget Euch, ob eine Fremde nicht das Zutrauen des Volks von Euch abstoße; jetzt aber fordert Euer Unternehmen jedes Nachdenken, jede Sehnsucht, jede Aufmerksamkeit; um unser aller Heil, gedenket meiner nicht, hört meinen Rat, wie die Stimme eines Buchs, das selbst wesenlos nur die Zeichen eines gescheiten Willens Euch mitteilt.

HERZOG. Dies ist der schwerste Rat, den Ihr mir je gegeben; wird meine Geduld ausdauern?

CORNELIA. Die Geschäfte dieser Tage werden Euch bald mit ihrem Wirbel mir entreißen. Sieh da, schon naht Euch ein geschäftiger Ratsherr. *Vor sich.* Diesmal war meine oft gerühmte Klugheit seltsam überrascht.

Procoli tritt hastig zum Herzog und zieht ihn bei Seite.

HERZOG. Was gibt's, Procoli?

Crook und Cornelia entfernen sich, indem sie die Bilder der nächsten Kapelle mit dem Anstande von Kunstkennern beschauen.

PROCOLI. Gnädiger Herr, ich wollte Euch dringend warnen vor den Holländern, es sind Betrüger. Eben hat einer, der smyrnaische Konsul, mein ganzes Warenlager mit einem Hochmut angesehen, als ob er alles und mehr kaufen wollte, und am Ende sagte er, es sei ihm alles zu schlecht.

HERZOG. Nichts weiter! In einer halben Stunde wird's Euch nicht mehr ärgern, laßt Euch Zeit. Habt Ihr nie umsonst Eure Waren ausgekramt? Der Kaufmann muß sich selbst daran erfreuen.

PROCOLI. Ihr wißt noch nicht alles, Durchlaucht, der Zorn nimmt mir die Sprache. Während der Holländer mich äffte, hat Caboga, mein verrückter Neffe, der mit ihm einverstanden, mit meiner Geliebten hier in der Kirche gesprochen, einer meiner Morlacken hat's durch die Türritze gesehen.

HERZOG. Armer Procoli, haltet inne Eure Schöne, nehmt keinen Wettstreit mit der Jugend auf, Jugend hat ein seltsames Verdienst in Weiberaugen, kein Mensch weiß, worin es liegt.

PROCOLI. Ich bin auch jung gewesen, aber so wild und töricht, wie dieser Neffe, habe ich nicht gegen alle Sitten angestürmt. Die Diener des holländischen Gesandten haben ausgesagt, Caboga habe sich mit dessen Tochter Cornelia verlobt, denkt Euch, eine Fremde, eine Ketzerin.

HERZOG. Mit Cornelien! *Vor sich.* Kommt daher der kalte Zugwind ihrer Weigerung? *Laut.* Freilich, dies dürfen die Geschlechter nicht dulden, doch das Ungewisse, noch Ungeschehene, wer kann's richten?

PROCOLI. Er wird's bald kein Hehl haben, denn seine Frechheit übertrifft noch seine Schändlichkeit. Was ihm einfällt, meint er, habe noch niemand vor ihm gesehen und geraten, nichts ist ihm recht in den weisen Einrichtungen unsres Landes, die sein Bestehen von der Gewalt der Jahrhunderte erkauft haben; selbst sein eignes Dasein, das ihm so viel Rechte verleiht, ist ihm ein Anstoß; das ganze Volk möchte er zur Mitherrschaft reizen, die es doch nicht zu führen versteht. Das Geld soll nicht die Mühe der Herrschaft lohnen, er möchte, daß wir umsonst Kraft und Zeit hingäben, das alles will er heute beim Eintritt in den Rat verkünden. Gnädiger Herr, laßt ihn vorher in Sicherheit bringen, er macht den Seinen Schande, und bringt Gefahr dem Vaterlande.

HERZOG. Gefahr! Das Stadtvolk läuft nicht gegen eine Mauer von Eisen, der Weber braucht seine Füße zu notwendig, und der Schneider seine Hände, jeder wartet auf den andern, daß er tue, was ihm zu gefährlich scheint. Ich muß ihn kennen lernen, diesen Neffen, ist er so übereilt, wie Ihr ihn schildert, so wird er über seine eigenen Füße fallen. Die Glocken läuten, der Rat versammelt sich, mäßigt Euch und stellt den Neffen uns vor.

Die Räte versammeln sich, begrüßen den Herzog, der Herrn Crook und seiner Tochter zwei Plätze in der Nähe der Versammlung anweisen läßt. Caboga kommt mit den letzten Ratsherrn aus der Kirche.

CABOGA *vor sich.* Der Herr sei gelobt, das schmerzliche Gebot hat Ruhe in mir ausgesät, und mein geliebtes Land soll die gute Saat ernten.

PROCOLI *zu Caboga.* Nun, lieber Neffe, Ihr seid doch bereit mit Eurer Anrede? Wie freue ich mich, daß endlich die Zeit gereift ist, Euch in die Versammlung der Edlen einzuführen.

Zur Versammlung. Durchlauchtiger Herzog, edle Väter des Vaterlandes, ein edler Zweig unsres edlen Geschlechtsbaumes ist angewachsen zu dem Alter, wo Blüte und Frucht von ihm erwartet werden kann; hier stelle ich Euch meinen Neffen, Marino Caboga vor, möge er in die Fußstapfen seines frühverstorbenen löblichen Vaters treten. *Vor sich.* Mag ihm noch heute der Teufel das Genick brechen, und ihn zu seinem Vater führen.

HERZOG. Marino Caboga ist im goldnen Buche eingetragen, *Er schlägt das Buch auf.* der edle Procoli bezeugt, daß dies Marino Caboga sei. Sei uns willkommen, Caboga! Du hast das Jahr erreicht, dein Eintritt sei unserm Rate ein gutes Zeichen, sage uns den Gruß deiner Ergebenheit.

CORNELIA *leise zu Crook.* Mir klopft das Herz, da er sprechen soll, ich fürchte, er bleibt stecken.

CABOGA. Mit inniger Andacht begrüß ich heute zum ersten Male die Herrscher des geliebten Vaterlandes, und vieles, was ich zu sagen ratsam glaubte, verstummt in mir vor dem ungewohnten Gefühle, einen Kreis zu betreten, gegen den mein Herz manche bittre Klage geführt hat, und dessen Absichten ich doch nur aus dem unglücklichen Erfolge kennen zu lernen Gelegenheit hatte. O, ihr werten Mitbürger, wie wünsche ich aus voller Seele, indem ich von heute an eurer Beratung Teil nehme, jeden Argwohn widerlegt, und in der Gewohnheit, in der Kurzsichtigkeit aller menschlichen Ansichten, die Quelle des Verderbens zu finden, das sich mit steigender Gewalt über die ärmeren, arbeitenden, frommen Leute verbreitet, während der steigende Reichtum der Unsern in allen Teilen der Welt sich Niederlassungen und Besitz erwirbt. O, ihr werten Mitbürger, mögen wir uns gegenseitig einander würdig finden, und einander in Achtung zum Guten befeuern!

CORNELIA *leise zu Crook.* Welche schöne aber unkluge Kühnheit. Er stürzt sich ins Verderben.

PROCOLI *zu Caboga.* Das war kurz, Neffe.

HERZOG. In Demut traten sonst die Jünglinge, wenn sie den Kinderschuhen entwachsen, in diesen ehrenwerten Kreis; Ihr scheltet uns in Eurer Andacht aus, Ihr nennt Torheit dieser edlen Väter Weisheit. Hat Procoli Euch das gelehrt? Sagt deutlicher, was Ihr an uns bestreitet; der dumpfe Unmut findet alles tadelnswert, nur Weisheit schätzet jedes im Verhältnis zu dem übrigen, zu allem.

PROCOLI. Mein gnädiger Herr, ich lehrte ihm den Frevel nicht, allein von früher Jugend an empörte er sich gegen jede Zucht.

CABOGA. Ihr rühmt noch, Oheim, was Ihr habt an mir gesündigt, verleugnet, was Ihr heute mir geraten habt! *Zu der Versammlung.* Die Eltern starben mir zu früh, und dieser Procoli, der seine Zucht hier rühmt, verwandte keine Sorge und kein Geld auf mich, obgleich er jene meinem Vater zugeschworen, und dieses reichlich überkam als Vormund. So wuchs ich mit den Bettelknaben auf, und wanderte durchs Land auf Wegen, die ihr wohl nie betreten habt, ihr edlen Herrn; Unterdrückung, Jammer, blödsinnige Furcht, Verrat, Bestechung, Gewalt der fremden Krieger, Gelderpressung begegneten mir überall. In meiner Einfalt glaubte ich, so sei's in aller Welt, doch war mein stetes Denken, wie sich mein Vaterland von dieser Schmach befreien lasse. Ein seltsam Schicksal stieß mich auch auf Procolis Geheiß, zur Ferne, als ich noch kaum zum Mann gereift. Ich sah den Himmel trüber, die Erde dürr, die Sonne kalt, doch Menschen fand ich frei in Hütten, und keiner war so arm wie unsre Leute, und jeder war des Seinigen gewiß. Sie schauderten, wenn ich von aller Schändlichkeit erzählte, die hier, gedankenlos vollbracht, das eigne Land verdirbt. Ich dachte nach, was uns so schlecht gemacht, bei aller Quälerei und Aufsicht für das öffentliche Wohl. Es liegt in dem allmählichen Vergessen unsres Ursprungs. Schlagt auf die Bücher der Geschichte, die frühen Väter, die den Staat begründeten, sie waren alle wohlbelehrt in strenger Schule allgemeiner Freiheit, ein jedes Wort traf da den Nagel auf den Kopf, und förderte den Bau der ganzen Stadt. Da sprach ein jeder, den sein Gewissen trieb, ein jeder nannte sein des Lebens Güter, und nannte sein das Land, und schützte es in freiem Mut, die großen Staaten schätzten unsern Bund, und unsere Schiffe wirkten öfter zur Entscheidung großer Weltgeschicke. Wir boten keinem Gold, sie lohnten reichlich unsre Hülfe. Doch mit dem Reichtum zog die Sklaverei hier ein, die Reicheren verbanden sich zum Herrschen, erst schien's den Kleinern Wohltat, wie viel Versäumnis wurde nicht erspart. Die Reichen gingen über dieses Landes Schranken gierig im Verkehr hinaus, sie suchten ihren Handel überall zu gründen, sie wurden so die Sklaven aller Welt, und rissen so hartherzig auch das Volk in diese Sklaverei, dies Volk, das durch den fremden Handel, fremde Waren, im Gewerb erlahmte und verdarb. Und öde ward das Land, der Hafen liegt voll fremder Schiffe, die fremden Krieger plündern in dem Land, die Armen flüchten in die Fremde, nur wir, die kleine Zahl, sind reich. Wir müssen diesen Rat aus unserm ganzen Land erneuern, daß jede Not hier ihren Anwalt findet, nur so erhebt sich wieder unser Staat zu Ehren.

VIELE. Stille, stille, ein jedes Wort Verrat stößt ihn aus.

PROCOLI. Belachenswert ist der tolle Vorschlag, ei, Neffe, Ihr wollt zum Kinderspiel uns brauchen, wir sollen auf dem Kopf gehn, die Beine oben.

CABOGA. Belachenswert mein Ernst, mein Glaube? Ihr Heil'gen, kühlt mein Blut. Habt Ihr mich nicht zum freien Reden bei dem Eintritt in den Rat aufgefordert?

PROCOLI. Er faselt, ihr kennt mich besser. Verzeiht, ihr Herrn, ich hab's euch nicht voraus verkündet, damit mich nicht der Argwohn mög umstricken, als trüg ich Sehnsucht nach Cabogas Gütern, schon frühe gab er Zeichen wilden Blödsinns, war meines Lebens oft bei ihm nicht sicher, so ließ ich ihn in seiner Freiheit gehn, ob sich das Übel nicht durch körperliche Stärkung heile, doch schreiben mir die Handelsfreunde, er zeige sich oft wochenlang ganz sinnlos schweigend, und könne dann im Reden sich nicht mäßigen. Jetzt ist bei ihm die Redezeit, bald wird die Stille folgen. Auch in der Tollheit ist wohl noch Zusammenhang, doch fehlt der feste Grund, es ist am Ende nur ein leeres Phantasieren, so könnten wir in guter Laune wünschen, daß jeder Bürger von Ragusa täglich zehen Skudi zu verzehren habe, ohne Arbeit, ohne Mühe.

VIELE. Das war gut gegeben! *Lachend.*

CABOGA. Bin ich nicht toll, so macht Ihr mich doch rasend, Oheim, mit Euren Lügen, Eurer Tücke. Wäre mir diese Rache nicht zu gemein, ich möchte diese lustigen Räte fragen, ob es auch leere Phantasie von mir, daß Ihr mein Eigentum, die Jungfrau raubtet, die Ihr mir versagt, daß Ihr sie zu entehren trachtet? Ha, alter Sünder, sieh deinen Kahlkopf in dem Spiegel, deine sündlichen Gedanken haben keine Jugenddecke mehr, sie liegen offen vor mir.

PROCOLI *vor sich.* Sie hat ihm alles gesagt. *Laut.* Jungfrauen? Ihr Freunde, hört den Wahnsinn, er nennt sein Eigentum eine Jungfrau; seit ich von seiner eingebildeten Ehre ihm etwas streiche, meint er, daß ich sein Eigentum, die Villa Madonna schände.

VIELE. Sperrt ihn ein, seine Tollheit beschimpft unsre Versammlung vor den Fremden.

CABOGA. Mein letztes Wort, hört noch, ihr Herren. Hat kein Gefühl im Innern euch verkündet, daß Wahrheit aus mir redete? Seid ihr verloren diesem himmlischen Berühren, so seid ihr schon vernichtet. *Er deckt mit beiden Händen sein Antlitz.* Dieser Stern, der wie St. Elmos Feuer vor meinen Augen glänzt, und auf dem herzoglichen Szepter niedersinkt, er deutet mir ein ernstes Strafgericht des Himmels. Tut Buße aller eurer Sünden, vor Gottes Zorne sinken Städte in den Staub, wie Bau der Kinder in den Sand beim ersten Regen. Ich bin von Sinnen ja, ich fühl's, ich überlebe nicht den Schimpf.

PROCOLI. Habt ihr den Stern gesehen? Ich sah eine Spinne, die sich von der Decke an dünnen Faden niederließ.

VIELE. Das ist sein Gestirn.

PROCOLI. Wartet doch, bis die Johanniswürmer fliegen, da könnt Ihr den Propheten spielen wie Mahomet.

CABOGA. Teufelswurm, du spottest der warnenden himmlischen Zeichen, wohl bin ich Prophet, weil ich den Mut habe, alles zu sagen, was mit ewiger Gewißheit mich ergreift. Wollte ich auch alles tun, Elender, du würdest vor mir beben.

PROCOLI *in Begriff Hand an ihn zu legen.* Züchtigen würde ich dich in meiner Angst.

CABOGA. Du wagst deine Hand gegen mich zu erheben, und bist in meine Hand gegeben. *Er sticht nach Procoli, Procoli sinkt.*

PROCOLI. Hülfe! Mord!

CORNELIA *halblaut zuflüsternd.* Geht, eilt, und rettet Euch Caboga.

CROOK *hält sie.* Still, still, mein liebes Kind.

HERZOG. Ergreifet, haltet ihn, he, Wache.

Die Wache tritt ein.

CABOGA. Tut eure Pflicht, und fürchtet mich nicht mehr, die Ehre ist gerettet, die Liebe ist gerächt, Blut ist geflossen, der Leib ist euer, nichts Gutes und nichts Böses mag ich mehr auf Erden tun. Hier nehmet meinen Dolch, hier nehmet meine Hände und bindet sie; faßt euch ein Herz, ihr fremden Krieger, ich töte nicht mit meinen Augen.

HERZOG. Tragt Procoli mit Sorgfalt in sein Haus, ihr geht zu Grido, dem Chirurgen, und führet ihn zu Procoli. Ihr, Hitrov, bringt Caboga ins Laurenz- Kastell. *Procoli wird fortgetragen, Caboga geht still und düster ohne umzublicken fort.* Ein unglückseliger Tag, der Rat befleckt mit Blut, Blutsfreunde auf den Tod entzweit, es ist, als ob die alte Ordnung sei veraltet, und nicht mehr bändigt den gereizten Jugendmut. Der Schrecken hält euch noch gefesselt, ach, der Geschlechter edler Stamm verdorrt in dieser Zwietracht seiner Zweige.

RATSHERR. Er sei erfrischt mit dem Blut des Schuldigen.

VIELE. Tod über ihn.

CORNELIA *zu ihrem Vater.* Vater, unterstützt mich, daß meine Schwachheit niemand kundig werde.

CROOK. Mein armes Kind, zieh ein den flücht'gen Duft von meinem Salze, er stärkt das Haupt.

HERZOG. Ist keiner, der für ihn um Gnade bittet, der Seinen keiner?

RATSHERR. Sein Sinn, der in der Rede ausgedrückt, sein Wille, der sich in dem Mord gezeigt, sie machen jeder ihn des Todes wert, dies schwöre ich, sein naher Vetter.

ALLE. Tod über ihn.

HERZOG. Tod über ihn ist euer Wille, doch heimlich sei sein Tod, daß niemand von den Seinen sei dadurch beschimpft. Ich streich ihn aus dem goldnen Buche aus, mit schwarzem Kreuz durchs lichte Gold. Vollbringen werde ich des Rates Willen.

Hitrov, ein Morlacke tritt ein.

HITROV. Mein gnäd'ger Herzog, unerhörte Tat beraubt Euch dreier treuen Diener. Das arme Stadtvolk, sonst so scheu vor jedem blanken Säbel, als es erfahren, wir führten den Caboga, hat sich am Markt mit blinder Wut auf uns gestürzt, im ersten Augenblicke war ich fortgeschleudert, die andern dreie wild zertreten, Caboga frei.

CORNELIA. Ich atme auf!

CROOK. Stille!

HERZOG. Wohin hat ihn das Volk entführt? Jetzt schlägt die rechte Stunde auch für mich.

HITROV. Caboga redete am Markte mit dem Volke, und klagte sich des Mordes an, und ging freiwillig unterm Weinen alles Volkes den steilen Weg hinauf zu dem Kastell, und gab sich dort in die Gefangenschaft der Unsern.

HERZOG. Bei Gott, ein seltner Geist, der in dem Frevel zur Bewundrung zwingt. Ihr Herrn, was ratet ihr zur Sicherung der Stadt?

RATSHERR. Cabogas Todesurteil sei noch heute öffentlich zum Schrecken dieses frechen Volkes an ihm vollstreckt. Ihr seht, daß er auf einer mächtigen Verschwörung sich gestützt, als er mit frecher Rede auftrat zwischen uns. Ein hoch Schafott sei am Kastell errichtet, und alle Krieger unter Waffen, das bricht den Übermut.

CORNELIA. Blutdürst'ge Feigheit!

ALLE. So sei's beschlossen, so vollbracht, Caboga sterbe heut vor allem Volke.

HERZOG. Nach eurer Weisheit werd ich es vollbringen. Es drängt die Zeit, auf Sicherheit zu denken. Ihr seid entlassen, edle Herrn.

Der Rat zerstreut sich mit Eilfertigkeit.

HERZOG *vor sich.* Der Tag begünstigt mich mit jeder Stunde, die flüchtig im Gewirr vorüber rauscht, ganz ohne Aufsehn darf ich jetzt die Krieger sammeln und verteilen, und die Geschlechter fördern ihre Niederlage. *Laut zu Cornelia.* Es tut mir weh die Störung, Ihr seid erschreckt.

CORNELIA *zum Herzog.* Ich würde vor Euch niederknieen, wenn hier kein Zeuge, doch fleh ich Euch bei dem Geheimnis an, das Euch mit naher Hoffnung jetzt erfüllt, errettet den Caboga, sein Geist ist beßrer Tage wert, die Eure Herrschaft diesem Land wird strahlen.

HERZOG. Ihr schmeichelt mir für einen Nebenbuhler, ich weiß es jetzt, warum Ihr meine Hand verschmäht. Ich dürfte ihn aus Eifersucht vernichten, doch meine Liebe überwiegt. Ich lasse ihn durch sichere Leute nach der türk'schen Grenze bringen, wenn Ihr gewährt, wonach mein Herz verlangt, wenn Ihr die Krone teilt mit mir.

CORNELIA *leise.* Weh mir, hier löset keine Klugheit aus. *Laut.* Was wollt Ihr dann mit mir, wenn alles Euch gelungen? Viel schönre Frauen sind Euch dann im ganzen Land ergeben, die Euern Anhang durch Verwandtschaft mehren.

HERZOG. Versteckt Euch nicht, verschwendet nicht Cabogas letzte Augenblicke! Euch selbst, Euch, Eures Geistes Reichtum, will ich mir gewinnen, mit Klugheit Eure Klugheit zwingen. Schlagt ein, bekennt Euch überwunden, und schämt Euch nicht, es führt uns kein gemeines Schicksal hier zusammen. Ich bilde hier ein Männervolk, Ihr bildet Frauen mit aller Freiheit Rechten.

CORNELIA. Mein Vater, darf es sein?

CROOK. Ich suche Rat bei dir, die mir so oft geraten. Caboga tut mir leid, als wär's mein Sohn.

CORNELIA. Nehmt hin die Hand; wenn erst Caboga frei, die Krone Euer, so bin ich Euch vermählt, nicht eher.

HERZOG. So selig treibt mich alles zu dem Ziele, o, diese Hand, schon nenne ich sie mein, denn diese Krone kann mir ird'sche Macht nicht mehr entreißen. *Er führt Cornelia und Crook fort.*

BETTLER, *der bisher in seinem Winkelchen gestanden, tritt vor, und deckt die sammetnen Sessel mit Überzügen.* Wie quälen und treiben sich die reichen Leute so vergeblich! In meinem Fuße da fühl ich, es reißt sich ein mit scharfem Griffel, alles wird heut noch anders, von Grund auf anders. Und wenn ich's zu aller Welt schreien wollte, so nennte mich alle Welt einen Narren, wie den Caboga; darum will ich still sein; es kommt noch alles anders nach Gottes Willen.

Er singt.

Wacht auf mit innern Sinnen,
Erhebt die Augenlider,
Von denen Tränen rinnen,
Von innen strahlt's hernieder:
In tiefe Kerkernacht
Unsichtbar Lauernden,
Strahlt frei des Herren Macht,
Unschuldig Trauernden.

In Geistes Dämmerungen
Naht euch der Unerreichte,
Hat euer Herz durchdrungen,
Daß Geist vom Geiste leuchte;
In seiner Gnade Macht
Strahlt der Verachtete,
Er hat ans Licht gebracht,
Schuldlos Umnachtete.

Ihr hebt die trüben Blicke
Hinauf zu dunklen Fernen,
Sie bauen euch die Brücke,
Aus ew'gen Himmelssternen:
Ein jeder Blick zum Herrn
Vom still Erliegenden,
Glänzt hell als ew'ger Stern
Am Thron des Siegenden.

Er braucht nicht Menschenhände,
Mit seinen Gnadenworten
Durchbricht er Kerkerwände,
Und öffnet Himmelspforten:
Was euch geschieht auf Erden,
Ihr schuldlos Leidenden,
Wird reich vergütigt werden,
Euch selig Scheidenden.

Ab.

Zweite Handlung

Gefängnis auf dem Laurenz-Kastell. Caboga angekettet.

CABOGA. Freiwillig gab ich mich gefangen, dennoch haben die Ehrlosen mich angekettet, wie den zehnfach entlaufenen Dieb. Alle meine Reichtümer und Güter sind in den Händen dieser regierenden Toren, und doch haben sie nur noch alle kleine Schätze aus meinen Taschen gestohlen, die mir durch Erinnerung so Heb waren. Nur dies schmutzige kleine Liederblatt ist mir geblieben, das mir der Bettler reichte, und das mir damals zu traurig anhob. O, du ahndungsvoller alter Knabe!

Er liest.

> Seh ich aus der feuchten Höhle
> Meiner Augen in die Welt,
> Die so recht mit ganzer Seele
> In die Sonne sich gestellt:
> Ach, womit soll ich mich stählen,
> Bei dem Quälen?
> Es klirren die Ketten durch Zitherklang,
> Es rufen die Wachen im Felsengang,
> Es zimmern viel Äxte an meinem Schafott,
> Gnade mir Gott!

Ja, so ist es wirklich. Ihr Todesurteil hat mich losgesprochen von allem Edelmute, sie haben Gericht gehalten über mich gegen das Recht unsrer edlen Häuser, sie haben aus Furcht keine öffentliche Verteidigung mir gestattet, sie sind ihrem eigenen Gesetze verfallen. Und was könnte mich hindern, wenn dieses Wasserfaß mit Pulver gefüllt wäre, und meine Augen sprühten Feuer, mich und diese Kerkerwände in die Luft zu sprengen? *Sie* würde erschrecken, die dort im Marmorgiebel unter den Flügeln des Vogel Greif wohnt, vielleicht auf den Tod erschrecken, mit mir sterben, Himmel und Hölle!

Er liest.

> Feuern fern des Waldes Blätter
> Froh zur Sonne herbstlich rot,
> Rings umher ist schönes Wetter,
> Nur bei mir ist Schattennot;
> In des Zugwinds kühlem Brausen
> Muß ich hausen:
> Es hauchen die Wände so fieberkrank,
> Sie tropfen hernieder versteinernden Trank,
> Es schleichen die Kröten am schimmelnden Grund,
> Greuliche Stund!

Und Zitherspiel begleitet solche Worte, die herbe mir die ernste Wahrheit sagen.

Vor dem Gitter Äpfel wiegen

Sich am Zweig im Sonnenschein,

Und am Zweig sich zu mir biegen,

Blick ich hin und denke dein:

Ach, so rötlich deine Wangen

Immer prangen:

Es duften die Blumen, die du mir gesandt,

Als wär es ein Sträußlein aus himmlischer Hand,

Du schnittest sie ab, und doch schimmern sie rot,

Seliger Tod.

Das Lied lügt; statt der goldnen Äpfel mit roten Wangen, sind bleiche Pilze am Gitter gewachsen, und Marina sandte mir keine Blumen, auf die ich blicken kann, wenn mich der Zweifel plagt.

Treu und ehrlich willst du scheinen,

Und ich traute dir so gern;

Doch ich muß in Zweifeln weinen,

Seh ich dort dein Haus von fern:

Ach, du schläfst in seinem Hause,

Und ich grause:

Ich schlag mit den Ketten an Felsen wand,

Es gibt noch ein andres, ein beßres Land,

Da lohnet die Treue mit Lust und mit Freud,

Hier ist nur Leid.

Felsen kann der Sonn verwehren,

Daß sie mich mit Lust bescheint,

Doch dem Tau muß er's gewähren,

Der von meinem Auge weint,

Daß er wie ein Demant prange

Beim Gesänge:

Es leichtert den Busen der offene Schmerz,

Es schauet schon dreister das wachsende Herz,

Ergibt sich dem Schrecken, ergibt sich dem Tod,

Gnade mir Gott.

Zwischen uns die Ströme fließen,

Zwischen uns strömt Zeit und Schmerz,

Und je härter ich muß büßen,

Bald je wen'ger fühlt mein Herz,

Härtet sich an meinen Tränen,

Kühnem Wähnen:

Ich wähne, es klirren die Ketten so weit,

Sie klingen erweckend durch schlummernde Zeit,

Es rieselt mein Blut nicht umsonst in den Kot,

Es färbet die Fahne der Freiheit so rot,

Sie führt euch im Kampfe, sie führt aus der Not,

Umsonst ist kein Tod.

Mitrovich ist mit der Zither eingetreten.

MITROVICH. Caboga, edler Kamerad, dir kann man doch noch mit Vergnügen etwas vorklimpern, du singst so frisch noch, als wenn dir nichts fehle.

CABOGA. Warst du's? Meine Stimme zitterte doch zuweilen bei deiner Zither.

MITROVICH. Beim Element, nein! Es tat mir wohl, als ich dir zuhorchte, als wär's Trommelschlag gewesen.

CADOGA. Bringst du mir etwas von ihr, schnell heraus damit, ich flehe dich an. Wie bist du zu mir geschlichen? Das heißt Treue, mich hier im kalten Erdenschoß aufzusuchen.

MITROVICH. Nichts von ihr und deinen Dank verdiene ich auch nicht, und geschlichen bin ich auch nicht, sondern mit großem Lärmen, mit vollständiger Janitscharenmusik ward ich bewillkommt. Mit einem Worte, ich bin heute Kommandant[1].

CABOGA. Laß scherzen, die zu leben denken, wir müssen uns ernsten Gedanken ergeben.

MITROVICH. Kein Scherz, der ist mir heute fast vergangen. Ich merke schon, du kennst noch nicht unsre tolle Weisheit, seit dem Verrate der Cassoris eingeführt. An jedem Tage wird ein andrer Mann auf freier Straße von den Ungarn, die uns dienen, bald hier, bald dort eingefangen, lebt hier einen Tag in Ehren als Kommandant, der Wachtmeister sagt ihm, worauf zu achten, er braucht nur nachzusehen, steht aber mit seinem Leben für seine Wachsamkeit. So ging es mir, als ich von dem Platze kam, wo wir die Morlacken niedertraten, ich dachte schon, daß ich hängen sollte, und trank den letzten Schluck aus meiner Flasche, und statt dessen hängen sie mir hier ein großes Bandolier um mit dem Degen, und setzen mir die Zobelmütze auf. Ich kann in zehn Tagen nicht aufessen, was sie mir auftragen und einschenken.

CABOGA. Der Himmel wollte mir noch Freundestrost gewähren! Dachtest du, daß ich so enden würde, als ihr mich triumphierend als Knabe umhergezogen? Du sollst ihr meinen letzten Gruß bringen, ihr zusichern, daß ich im letzten Augenblicke ihrer dachte!

MITROVICH. Nichts von letzten Grüßen und Sterbestunden, selbst am Weine ärgert mich nichts, als die Neige. Wenn das Letzte da ist, je nun, es kann's keiner zum Ersten umdrehen, doch wie du da kräftig vor mir stehst, magst du mir recht viel vom Liebchen, nichts vom Tode erzählen. Ich mache dich frei, das verlangt die Ehre unserer jugendlichen Kameradschaft. Du hast dich in Raserei freiwillig ergeben, sie wollen deiner um so weniger schonen, du scheinest ihnen um so gefährlicher, weil du dem Tode trotzest, von dem sie sich um Ehre und Gewissen loskaufen würden. Du mußt entfliehen.

CABOGA. Ich mag nicht fliehn. Zwar ist's ein sündig Blut, das ich vergossen habe, doch drückt's so schwer, als wär's mir in das Herz geflossen. Unstät und flüchtig auf der Welt zu irren, ist langsamer Tod. Es war mein nah verwandtes Blut, das ich vergossen, mein Vater wird's in Ewigkeit mir nicht verzeihen.

MITROVICH. Das hindert dich! Auf, frisch, dir lös ich gleich die Fesseln mit meiner alten Schlösserpraktik. Der Procoli steht wieder auf den krummen Beinen, der Aderlaß hat ihm recht wohl getan, er leidet an dem Übermaß der Säfte. Der Schrecken mehr, als die Gewalt des Stichs hat ihn im Rat ohnmächtig hingestreckt. Du hast gewiß noch keinen umgebracht, der in so vielen Wämsern, wie Procoli, sich eingezwiebelt trägt, um wohlbeleibt zu scheinen. Der Procoli, so sagten mir die Leute hier, geht schon umher, dein Eigentum sich in Beschlag zu nehmen, er meint, als ob er sich das Geld mit seinem Schreck recht schwer verdiente. Das schlechteste deiner Häuser will er zu milder Stiftung für seine abgedankten Liebschaften einrichten.

CABOGA. Mein Geld, ich wollt's ihm gönnen, wenn ich dafür Marina von ihm kaufen könnte. Weißt du denn nichts von ihr?

MITROVICH. Hier weiß niemand von ihr. Bist du frei, so brechen wir ein bei ihr, wir nehmen sie mit uns ins Türkenland. Ich bin da wohl bekannt, und günstig ist dir Crook und seine Tochter, sie werden uns in Konstantinopel empfehlen. Leute von unserm Schlage kommen überall durch, wir brauchen nicht viel, und sind zu allem zu gebrauchen.

CABOGA. Was du möglich glaubst, ich kann es wagen, habe nichts zu verlieren; aber, Mitrovich, dein Leben setze ich nicht für mich aufs Spiel.

MITROVICH. Mein Leben? Wenn ich von meinem Leben ein Wort weiß, laß ich mich hängen; wie sieht's aus, wo steckt's? ich habe gar kein solches Werkzeug in mir. Ich tue, was ich nicht lassen kann, und zwingt mich einer zu etwas, so renne ich mir den Kopf ein, und will mich einer wovon abhalten, so ringe ich darum, bis mir die Arme brechen. Ich will dich retten, ich will mit dir gehen, du kannst mich nicht davon abhalten, und der Lumpenstaat Ragusa mag sich einen andern Kommandanten greifen. Fort mit den Ketten. *Er öffnet die Schlösser.* Müßig träumend bleibst du sitzen! Marina ruft dich, Procoli droht ihr.

CABOGA. Weh mir, soll ich kaum bereute Todsünde wieder auf mich laden? Bei Gott, er soll ihr nicht drohen! *Er springt auf.*

MITROVICH. Halt, leg die Ketten um dich, Geräusch an der Türe, sie fragen nach dem Kommandanten, wart einen Augenblick, es darf uns niemand beisammen finden. *Ab durch eine untere Türe, während oben der Herzog mit einer Schar Türken eintritt.*

HERZOG *zu den Türken.* Verteilet euch mit Vorsicht, beachtet wohl den Kommandanten und die Ungarn. *Er steigt nieder zu Caboga, der die Fesseln wieder scheinbar angelegt hat.*

CABOGA. Ihr lasset Euch zu mir herab, mein gnädiger Herr!

HERZOG. Caboga, ich habe den ernsten Sinn Eurer Worte verstanden, die dem Rate ein jugendlicher Mutwille schienen, ich fühle ein tiefes Mitleid, daß Ihr so untergeht, daß Euer guter Wille dem Staate verloren.

CABOGA. Procoli lebt, Ihr wollet mir Gnade verkünden, gnädiger Herr, und rührt mich lebendiger durch den Anteil, den Ihr meinen Worten schenkt, die ich im leeren Luftraum verschallt glaubte.

HERZOG. Daß er lebt, ist ein Zufall, und nicht Euer Wille, Eure Begnadigung steht nicht in meiner Macht, der Rat ist unversöhnlich gegen Euch.

CABOGA. Freilich, heute morgen hätte ich ihn am Altar zerschmettert, wenn er sich dahin geflüchtet hätte, die Sonne ist höher hinaufgestiegen, Procoli ist genesen, der Zorn ist in der Reue zerknirscht, und nur graut, daß ich in die Strafgerichte des Ewigen über diesen hämischen Bösewicht eingreifen wollte. Tückisch reizte er mich, die einsam gereifte Überzeugung bei meiner Einführung in eine Welt auszustoßen, die sie nicht nützen will. Hoch erhaben auf dem Rednerstuhl zum erstenmal, erregte das Ungewohnte meinen Geist, und heftig überstürzte ich Wahrheiten, die ich in ruhiger Ordnung klar und herzlich darlegen wollte; mir war, als beichtete ich vor dem Herrn der Welt, es war also meine Beichte vor der Welt, die letzte, und nicht vergebens, denn Ihr habt den Sinn meiner Worte verstanden. Ich sprach so ernst, Ihr müßt es fühlen, Herr, wie mich da der boshafte Spott Procolis empören mußte. Wie lange habe ich den Dolch getragen, und ihn nie gebraucht, warum sehnte sich heute zum erstenmal meine Hand nach ihm?

HERZOG. Mein Herz entschuldigt Euch, der Fehler war so menschlich in dem jugendlichen Ehrgefühle. Weh mir, ich habe nur die Macht zum Schlechten, Begnadigung ist dem Rate vorbehalten. Ihr habt nicht alle Schwächen unserer Verfassung aufgedeckt. Mein Jahr zu nutzen mit Betrug und mit Gewalt, um lange nachzuzehren von der Ernte, und jedem andern künftig Gleiches zu verstatten, ist meine höchste Pflicht; für die Geschäfte sind ein Hundert hochbezahlte Schreiber angestellt, und hab ich mich auch wirklich zu der vollen Einsicht der Geschäfte in meinem Jahr durchgedrängt, so stör ich nur Leute, die sich beim nächsten Wahltag schon vom Haupt verlassen fühlen, das für sie dachte. Ein Neuling tritt in meine Stelle, der Rat kann ihm zu keiner Stütze dienen, da denkt nur jeder seinem Vorteil nach und ruhigem Behagen.

CABOGA. Wär unser Rat vollständig ein Abbild unsres Staats, er würde sich zu den Geschäften drängen, und nimmer fehlte guter Rat dem Herzog, der ihn zur Tat dann förderte, versprecht es, Herr, gebt einen solchen Rat dem Lande, so sterb ich gern.

HERZOG. Kann sein, wahr, richtig, doch über viele Leichen geht hier nur der Weg zur freieren Verfassung; gedenkt der fremden Krieger! Könnt Ihr Vertrauen schätzen und bewahren?

CABOGA. Vertrauen ist ein Heiligtum.

HERZOG. Das Staatselend ging mir lang zu Herzen, durch Crook ist mir ein anderer Weg eröffnet, es zu enden. Es muß hier einer erblich herrschen, in welchem jedermann das Bild des ganzen Staats erkennt, und der für alles bürgt, und alles wie sein Eigentum beschützt, ich fühle mich dazu berufen, ich habe Macht, es zu erzwingen, und Crook bestimmt für mich die mächtigen Nachbarn. Ich will Euch retten, wenn Ihr für mich nach Konstantinopel eilt, Crooks und auch meine Briefe sicher überbringt. Besetzt ist dies Kastell von meinen Türken, Euch wird sogleich das türkische Tor eröffnet. Ich warf den Würfel, versuchet Euer Glück, denn Ihr seid ohne Falsch. Ich fände tausend, die mir freudig dienten, doch kam die Stunde der Versuchung, dienten sie auch andern. Nur Euch vertraue ich mein Geschick.

CABOGA. Die Würfel fallen seltsam um mein Leben. Ich fühle mich überrascht. Indes ich müßig träume oder nutzlos zu den Edlen rede, habt Ihr in anderm Sinn den neuen Staat begründet. Ich kann nicht dienen ohne Überzeugung, und wie ich auch dies Euer Unternehmen schaue, ich bleib ihm abgewandt. Mein gnädiger Herr, Ihr habt Euch übereilt. Ich bitt Euch, wendet um! Könnt Ihr zurück? Werft alle Schuld auf mich, ich trage schon viel mehr, als je mein Leben wert, nur spart dem Lande diese neue Not.

HERZOG. Zu schnell bist du entschieden, Jüngling, mich reiften der Erfahrung lange, schwere Jahre. Nicht überleben möchte ich, daß je mein Geist dem lang geprüften Glauben untreu würde, auch hab ich dessen keine Sorge. Vertraue mir, nicht dich zu opfern kam ich, nein, daß dir geopfert werde von Beglückten. Zum Übereilen bin ich nicht mehr jung genug, zur Eile brauch ich einen jugendlichen Helfer, einen Erben meiner Tat und meiner Absicht, mir fehlt ein Sohn. Heut hast du dich in meine Kindschaft eingesprochen, so sollen junge Männer träumen, und handelst du mit gleicher Kraft, so wirst du doch auf meinen Weg gezwungen, was du auch denken magst im Augenblicke. Ja, du Marino sollst erben jede Frucht, die meine Einsicht trägt, die Welt soll dich wie jenen Mediceer rühmen, der herrschte nach dem langen Streit der Bürger. Marino der Erste, Großherzog von Ragusa, sei gegrüßt, denn ich, nicht lange werd ich leben.

CABOGA. Großherzog? Der Künste Schöpfer, wie jener Großherzog in Florenz. Er fand ein Volk, das seiner Freiheit überdrüssig, ich find ein Volk, der Freiheit so bedürftig, daß es dem Großherzog nichts abzugeben hat. Großmütig seid Ihr, Ihr bietet mir so viel für leichten Dienst, o, gebt dem Volke etwas für so lange schwere Dienste. Kleinmütig bin ich nicht, nicht übermäßig schwer scheint Euer Unternehmen, es ist nicht würdig Eurer großen Seele. Was Ihr begehrt, ist Unterdrückung unsrer letzten Freiheit, worin die Möglichkeit des Bessern für alle Zeit erstirbt. Nein, bei Gott, noch lieber dient ich dieser Halbheit unsres Rats, als solcher unbeschränkten Herrschaft eines einzigen (mag's auch sein der Beste), erhoben durch den Erbfeind aller Christen.

HERZOG. Wer schützt denn diesen Rat und dieses Volk? Wem geben wir Tribut?

CABOGA. Tribut bezahlen wir dem Meer, wer kann's beschließen? So auch den Türken, nur eine Kleinigkeit von dem, was wir durch sie gewinnen. Wir sind im Bund der Christen stark genug, ja nicht zu fürchten, wenn sie nach Herrschaft über uns einst trachten. Durch Türken herrschen über Christen, das ist Greuel, ich bleibe hier gefangen, lasse die Gesetze unsres Rats an mir erfüllen.

HERZOG. Der Winter geht so schnell vorüber wie die alten Vorurteile. Es ist doch schön zu leben, wenn neues Grün durch alle Fluren leuchtet. Du liebst, Caboga, ich hab's vernommen, du liebst ein Mädchen von gemeiner Abkunft, die Procoli gefangen hält. Sie zu befreien, wäre mir erste Pflicht. Nichts hindert eure Ehe, wenn jene alten Schranken fallen.

CABOGA. Sie werden fallen, wenn die Zeit den Gipfel erstiegen, Gott wird sie halten gegen die Gewalt des Erbfeinds. Was ist der Menschen Liebe ohne einen reinen Strahl des Ew'gen? O, viel gemeiner noch als Lust der Tiere, ich hab's an Procoli erlebt. Die Liebe soll mich nicht zum Schlechten führen.

HERZOG. Was ich beschlossen, kann ich ohne dich vollbringen, du kannst durch mich zu großer Wirksamkeit geboren werden. Dein altes Leben hast du nutzlos aufgebraucht, benutze die Stunde, wo Freundschaft dir ein neues Leben bietet.

CABOGA. Ich habe meinen Dolch verschwendet, den Schatten traf ich nur vom Wesen, dem ich zürne. Der Procoli reißt eines Bürgers Eigentum an sich mit List und mit Gewalt. Du willst das Eigentum von allen, das liebste, diese langbewahrte Freiheit rauben, um's zu verschwenden. Die fremde Macht, der du dich anvertraut, wird einen andern Götzen sich erheben, der türk'sche Mond wird zum Kometen, ein Schweif von Elend folgt dem kurzen Glanze.

HERZOG. Es spricht aus dir ein böser Geist: wo du erkennen solltest, willst du rühren. Ich bleibe fest. Du kennest nicht die Zeit, die überall zur Führung durch den einzelnen die wilde Irrung der Gewalten rüttelt. Vergebens sehnte sich manch alter Römer nach seines Staates erster Freiheit. Geschehen mußte, was notwendig, und Einer herrschte zu dem Glück von Millionen, die's nicht verstanden, was sie ihm verdankt.

CABOGA. Die Christenwelt hat anderes Gesetz, ihr ward Vergebung, sie wird erneut in ew'ger Gnade, die Zeit wird wesenlos, die Tugend schafft sich Kraft zu allem Großen, der Glaube bricht des Unterdrückten Ketten.

HERZOG. So mache dich frei durch deinen Glauben, brich diese Ketten.

CABOGA. Ich könnte sie fallen lassen, wenn ich wollte, und dich verderben, doch du kamst als Freund.

HERZOG. Was ist's, was mich in dir erschrecket? Doch wenig Atemzüge noch, und du wirst schweigen. *Ab mit der Wache.*

CABOGA. Schweigen? Wird mir's so schwer? Ja, als die Zuversicht mein Blut bewegte, mit meinem Wort zu siegen über Lüge, da wär's mir ganz unmöglich. Ich habe gesprochen, vergebens, es ist vorüber, ich hab nur leere Luft bewegt. Jetzt kann ich schweigen, möchte ewig schweigen, und der Geliebten denken. So wohl könnte mir nicht werden, hätt ich das ganze Land, und könnte mich der Vielgeliebten, wie eines fremden Worts nicht mehr erinnern. Ihr Bild, es bleibt mir treu im Wachen, wie im Schlafe, wo auch dem Mächtigsten die Krone von dem Haupte rollt. Des Freundes Hülfe ist vereitelt durch den Herzog, ich ahnd es wohl, die Stunden eilen, und milde schweigen ird'sche Sorgen an des Lebens ernster Grenze, und mächtiger als alle ist des Schlafes süße Schwäche, der Träume liebevolle Nähe. *Er schläft ein.*

Procoli und Marina treten ein.

PROCOLI. Hier soll Caboga liegen, und deine Bitte wird erfüllt, ihn einmal noch vor seinem Tod zu sehen.

MARINA. Ja, so erfüllt der Böse auch des Menschen Bitte, Ihr reißt mich her zu ihm, daß ich sein Blut soll fließen sehen. Die Augen möcht ich mir eindrücken!

PROCOLI. War's meine Absicht? Ich suchte nicht den Herzog auf, ich bat um keine Rache. Du sahst, er drückte ohne meine Bitte die Pistole in meine Hand, als ich an ihm vorüberging, und ihm erzählte, daß ich als nächster Anverwandter nach altem Recht den Angeklagten noch besuche; er gab Erlaubnis mir, ihn heimlich zu erschießen, daß keine öffentliche Hinrichtung des alten hochgeehrten Hauses Glanz beflecke.

MARINA. Er ist des Hauses Glanz, befleckt ihn nicht mit Blut, die Zeit verändert viel, sie kann ihn retten. Ihr dürft nicht morden, wenn Ihr mich wirklich liebt. Seht nur, er schläft so sicher auf dem feuchten Stroh, als schlief er allen Engeln in dem Schoß.

PROCOLI. Nicht wahr, du wünschest heimlich, er schliefe dir im Schoße, du möchtest ihn mit Küssen wecken? Sieh ihn nur also liebreich tränend an, das macht mich hart wie meinen Feuerstein.

MARINA. Ich wag ihn gar nicht anzusehn.

PROCOLI. Nicht quälen will ich ihn, er ist mein Neffe, gerad ins Herz, so will ich zielen. *Er zielt mit der Pistole.*

MARINA *knieet nieder.* Bei allen Heiligen, Ihr tötet mich in ihm.

PROCOLI. Ich laß dir noch die Wahl, die du so keck hast ausgeschlagen, du mußt dich mir ergeben, oder er wird seines Hauses Ehre hier geopfert, ich schieße gut, sprich schnell.

MARINA. Seht Eures Hauses Adel in seinem Angesicht mit höchstem Glänze ausgeprägt, Ihr könnt es nicht zerstören. Wenn solch ein Antlitz Euch nicht bändigt, wie soll ich sicher sein an Eurer Seite? Dem Henker laßt solch ehrlos Amt, wärt Ihr mit seinem Blut befleckt, mir würde ewig vor Euch schaudern. Ja, seht ihn lächeln hier im Schlafe, wie selig!

PROCOLI. Du rühmst ihn, du verhöhnst mich, nun ist die Wahl zu spät! *Er zielt.*

MARINA. Halt, so nimm mich hin, die kein Gesetz kann schützen, die aufgegebne Sklavin, nimm sie hin als Braut, doch führe schnell mich fort, ich darf ihn nicht mehr sehen; er darf nicht wissen, wer sein Leben rettet, das schwöre mir.

PROCOLI. Bei Gott, er soll von seiner Rettung gar nichts wissen. Doch lasse jetzt zum erstenmal dich küssen, hier vor seinen Augen.

Marina entflieht.

PROCOLI. Je mehr des Zwangs, je mehr der Lust. Ha, Czirich, alter Freund.

Czirich kommt.

CZIRICH. Ihr braucht mich, denn Ihr nennt mich Freund.

PROCOLI. Hier ist ein schwerer Beutel, und hier ist die Pistole, gut geladen. Ist dieses Tor geschlossen hinter mir, daß nicht der Knall kann weiter hallen, so schieße den Gefangenen nieder, der Herzog hat es mir erlaubt, zu meines Hauses Ehre, du hast es wohl vernommen.

CZIRICH. Wohl hört ich es, es ist des Herzogs Wille, will Euch das Stückchen Arbeit wohl verrichten.

Procoli ab.

CZIRICH. Wie so ein reicher Herr für Kleinigkeit sein Geld verschleudert, ich schämte mich, so viele Worte drum zu geben. Feigherzig ist das reiche Volk, ein Dutzend Menschen schlügen sie wohl all zusammen. Er wollte sein Gewissen retten, ich merk es wohl, allein am Jüngsten Tag mach ich ihn einst zu Schanden, ich will schon sagen, wie es zugegangen, und mag nicht Strafe leiden für den Schurken. Ich bin nur Werkzeug, kann über Recht und Unrecht nicht entscheiden. Der Junge tut mir leid, er sieht so siegreich aus, als wäre die Kette ihm als Ehrenzeichen umgelegt. Was hilft das Mitleid, wenn die Pflicht mich zwingt? Ich hab es übernommen, ihn zu töten. Wie wird mir denn? Ist's Rührung, daß ich schwindle? Was war denn das, ich trank doch heut nur wenig? Die Wände heben sich. Bewegt der Teufel sich hier unter mir im Felsen? Hat die Frau Mutter Erde Leibschneiden? Ein heller Tanz von Sturm und Blitzen. Die Quadern reißen aus einander; nun, falle nur nicht auf mich, du schwerer Bogen, ich will mein lebelang nicht morden, doch steh nur, bis ich unter dir hinweg zur Türe, ich rühre keinen Dolch mehr an, das schwöre ich der heil'gen Mutter. *Er will zur Türe, sie stürzt zusammen.* Der Ausgang ist verschlossen, wo steh ich sicher? Hier am Fensterbogen? Das ging vorüber und dies Gewölbe scheint noch fest. Daß ich ein solcher Hase war, hier dem Gewerbe abzuschwören, das mich und auch die Meinen lange nährte. Was ist's denn mehr, ein Erdbeben; hab manches überlebt, war ich nur erst ins Freie. Verdammt, daß ich auf Procoli gehört, sonst war ich zu dem großen Tor hinaus. Vielleicht ist's nun vorbei. Ach, schlief ich doch fest, wie der Caboga, was hilft nun all mein Herz und guter Mut! Nun ist's vorüber, das soll der letzte Stoß gewesen sein. Wie rollt es noch da drunten! Das Greifenhaus des Procoli stürzt ein, und bauet sich in Flammen auf, da sinket der Marienkirchturm über, wie ein Schilfrohr; das ist ein grimmig Schreien überall, die Menschen überschreien der Tiere Brüllen. Hier bin ich noch am sichersten geborgen, der alte Felsen ist gar schwer, der Satan kriegt ihn nicht zu packen. Hurra, da dröhnt eine neue Geburt von des Satans Großmutter! Das nenn ich Wehen, die hält gar schwer, war die vorüber! Das rappelt, als wenn ein tausend türkische Reiter übers Pflaster jagen. Caboga, jetzt leiste mir Gesellschaft, ich schenke dir dafür das Leben, mir wird so angst und bange; wach auf, Caboga, damit du auch auf Erden was erlebst, was deine Enkel dir nicht glauben werden. Ha!

Der eine Bogen des Gewölbes stürzt auf Czirich und mit der Seite des Felsens nieder, auf welchem Czirich stand, man erblickt einen Teil der stürzenden aufflammenden Stadt. Caboga erwacht unversehrt.

CABOGA. Wer rief mich aus einem guten Traume? Ach, ungeschehen war des Tages Unglück! Riefst du mich, Mitrovich? Noch bin ich ganz geblendet. Keine Antwort. Die Sterne, ein mächtig heller Himmel über mir, und tausend Vögel, die gescheucht mich umkreisen; erwach ich auf dem Rabensteine, hat mich des Henkers Hand nur halb erdrosselt? Nein, hier die Kette und der Stein erinnern mich an meine alte Schreckenswohnung; wer brach den bombenfesten Turm? Wer hat dort unter mir die Stadt gestürzt, wer schlug den Wasserstrom aus diesem dürren Felsen? Bald geht der Jüngste Tag in neuer Sonne auf, es kommt mir in dem Beben unter mir Besinnung, o, welche Schreckenssonne wird uns morgen scheinen. O, meine arme Vaterstadt, noch gestern prangtest du mit deiner Herrlichkeit im Meeresspiegel, muß ich dich überleben, der zum Tod verdammt? Marina, der Name läuft eiskalt mir über, Marina, hell lodern seh ich den Giebel von dem Greifenhaus. Was lebte ich, wenn du nicht wärst gerettet, auch dein Gefängnis ist gebrochen, und eine Gnade, eine höhere Bestimmung erfaßt uns beide. Wie wird mir hell und licht im Haupt! Die alten Träume für mein Vaterland, sie sind nun eingetreten in die Welt; kann ich dafür, daß Schrecken ihren Weg gebahnt? Die Welt liegt offen, das Alte ist gestürzt, daß ich das Neue baue. Ihr Unglücklichen, stillet euren Jammer, ihr Überlebenden sollt Trost aus edlerem Geschick gewinnen. Was ist Zerstörung, als ein mahnend Wort zum Schaffen? Bin ich berufen? frag ich die Zerstörung, die neu ertobend aus den Tiefen kracht und an dem Letzten nagt; ich frag die Blitzesflammen, die durch den heitern Himmel ziehn, vernichtet mich, wenn ich in Torheit frevle! *Er wirft die Ketten ab.* Die Schrecken, die Gewalt gehen mir vorüber, dort unten wütet Gottes Zorn, das Schlechte soll vergehn, fort mit den Schlacken, mich erquickt der reine Silberblick des aufgehenden Vollmonds, Ave Maria!

Er sinkt betend nieder, es rufen Stimmen Cabogas Namen, er beachtet es nicht; Cornelia, mit einem Schwert bewaffnet, Mitrovich und holländische bewaffnete Matrosen steigen auf einer Leiter an den Felsenabsturz hinan.

CORNELIA. Hier kann's nicht sein, hier ist nicht Raum für einen Turm, steigt nieder.

MITROVICH. Ich irre nicht, hier stand der Turm, wo er gefesselt lag.

CORNELIA. Er gibt nicht Antwort unserm Ruf.

MITROVICH. Der Herzog wollte ihn durch Procoli ermorden lassen.

CORNELIA. So ehrlos dacht ich nicht den Herzog.

MITROVICH. Weh uns, da liegt er hingestreckt.

CORNELIA. Seid ruhig, Freund, Caboga lebt. *Caboga sieht sie knieend voll Staunen stumm an.* Caboga, Eure Feinde sind gefallen; der Rat, versammelt in der Marienkirche, weil sich der Herzog des Kastells bemächtigt, ist durch des Turmes Einsturz ausgetilgt. Ich sehe, Eure Ketten sind gelöst, Euch bringe ich das Schwert, Ihr sollt der Stadt die Ordnung wieder schenken, ich grüße Euch als Herzog; die Armen, Eure Freunde leben, und keiner ist hier mächtiger als Ihr.

MITROVICH. Von dir erwartet unsre Stadt die Rettung aus der Räuber Hand.

CABOGA. O, wie besteht die Freundschaft aller Welt Zerstörung! Die Ketten löste mir der treue Mitrovich, Euch danke ich dies Schwert und küsse seinen kalten Stahl, o, dieses mächtige Zeichen dank ich Euch, Euch sandte mir der Himmel, den ich um Zeichen angefleht. Nicht herrschen will ich, keiner soll hier künftig herrschen, als die Weisheit aller, das Göttliche, das Recht, die Gnade, des Geistes schaffend Leben, wie es gedeiht, wenn es sich frei darf offenbaren. Nicht herrschen, dienen soll ich mit dem Schwert, denn die Gewalt soll dienstbar sein, sonst frevelt sie in Übermut. Wer stört die Ordnung?
MITROVICH. Das fremde Kriegsvolk, das im Solde der Geschlechter war, benutzt zur Plünderung die Unglücksstunde.
CORNELIA. Ich habe die Matrosen aller fremden Schiffe zu dem eignen Schutz versammelt und bewaffnet, ich bring Euch eine Schar von unserm Schiffe, sie sind der

Kern, um den sich Eure Freunde, alle gute Bürger sammeln, und viele Stimmen rufen schon nach Euch.

CABOGA. Mit solcher Klugheit solch ein Mut in einem Geiste!

CORNELIA. Die Probe ist noch nicht bestanden. *Sie nimmt ein andres Schwert.* Befehlet, führet uns, wohin die Not uns ruft.

CABOGA. Ihr wollt mich in den Tod begleiten? Schont Eures Vaters, bewahrt Euch ihm zum Tröste, ich darf ihm nicht sein liebstes Kleinod rauben, Ihr habt genug getan für eine fremde Stadt.

CORNELIA. Den guten Vater hat mir die Zerstörung von der Seite fortgerissen, er ist nicht mehr. Verwaist gehör ich dieser Stadt, ich bin ihr eigen, weil sie Euch geboren hat. Die Euch das Schwert in der Zerstörung brachte, sie darf das Schwert schon führen. Darf ich?

CABOGA. Gott wird Euch führen.

CORNELIA. Zu meinem Glücke oder in den Untergang, das ist mein ernster Wunsch, er wird mich mild behüten, daß ich nicht zwischen Glück und Unglück zweifelnd schwebe, wenn dieser Kampf beendet ist.

MITROVICH. Ich sehe vom Kastelle einen Zug mit Fackeln niedersteigen. Wer nahet uns?

Hitrov und ein anderer Morlacke tragen den zerschmetterten Herzog beim Fackelscheine.

HITROV. Wir tragen unsern Herzog, der schwer verwundet aus den Trümmern des Kastells hervorgehoben. Geht's hier hinunter? Kein Ausweg ist zu finden.

HERZOG. Wer spricht mit Euch?

CORNELIA. Ich bin's, Cornelia, die Euch anspricht. Seht her, und kränket Euch im falschen Herzen, Caboga lebt, den Ihr ermorden wolltet, statt ihn frei zu lassen, ich steh an seiner Seite, wir sind bewaffnet, Euer Reich geendet.

HERZOG. Mein Reich und auch die eitlen Hoffnungen, zu denen Ihr mich angefeuert, alles umgestürzt, und nur die Einsicht der Verkehrtheit meiner Wünsche überlebt sie selbst! *Er stirbt.*

HITROV. Er senkt sein Haupt, er sprach zu viel für seine Schwäche.

MITROVICH. Er spricht nicht mehr, das schwör ich euch.

HITROV. Bei Gott, er hat geendet; so setzt ihn nieder hier, daß wir die Leiche nicht zerschmettern auf dem Wege; wir wollen sehn nach unsern Frauen.

CABOGA. Wie seltsam und bedeutend! Des Herzogs Leiche steht hier ausgestellt, wo er mich angefesselt hatte, mit dem Tod mir drohte, die Fesseln sind sein Ehrenbett. Ihr Leute, seht, so hat die Welt sich umgedreht, und eine andre Macht, die Freiheit, will erscheinen. Folgt mir, die Euren sucht ihr doch vergebens in der allgemeinen Flucht, für alle laßt uns Ordnung stiften, die Räuber in der Stadt, die Türken, die von außen uns gar bald bedrohen werden, niederkämpfen, so sichert ihr die Euern mit dem Ganzen.

HITROV. Hier meine Hand; mein Herzog ist gestorben, ich folge Euch mit meinen Leuten.

ALLE. Caboga soll uns führen.

CABOGA. Es regt sich frisch in allen. Ist unsre Schar auch klein, wir wollen nur das Rechte, wir treten den Verrätern wie ein Nachtgespenst entgegen, daß sie im schlechten Werk erzittern. Ist diese Nacht durch Kampf gesichert, am Morgen wird Ragusa mächtiger sich fühlen unter Trümmern, als da der Reichtum in Palästen glänzte. Mit Gott zum Heil der Stadt.

Er klettert herunter, die andern folgen.

Dritte Handlung

Die halbzerstörte Marienkirche zu Ragusa.

BETTLER *sucht umher.*
Was ich im hohlen Stein bewahrt,
Das war doch ganz umsonst gespart
Von den geschenkten Gaben,
Tief unten liegt's begraben,
Der gute Wirt wird ausgelacht
Vom schlechten Wirt, der's durchgebracht,
Wohl denen, die hier starben,
Das Alter muß doch darben;
Wer wird's so ernsthaft nehmen?
Ich müßte mich ja schämen.
Ich pfeif nach meinem Mäuselein,
Und sieh, da stellt sich's wieder ein.
Du gute, alte, treue Maus
Verließest nicht das Gotteshaus,
Ei sieh, der Sperling dort im Neste,
Er bettelt heut für neue Gäste,
Ich will dir füttern deine Brut,
Flieg nur davon, wenn's nötig tut.
Verlaß dich drauf, ich halte Wort,
Ich find doch keinen sichern Ort:
Da, teilt mit mir das letzte Brot,
Es schmeckt doch besser als der Tod.
Und wenn Caboga hier regiert,
Wohl keiner hier sein Brot verliert.

Er naht sich dem Altare.

O Herr, das Haus ist umgestürzt,
Das ich mit dir bewohnte,
Und wo die Heil'ge thronte,
Wo Weihrauch alle Luft gewürzt,
Da dampft die Schwefelquelle,
Entweiht die heil'ge Stelle.
Das Wasser heilig eingeweiht
Entfloß dem Marmorbecken,
Die Toten, in der Erd gereiht,
Die Arme zu dir strecken.
Wer wird hier beten für die Seelen,

Die eingesunken in den Höhlen?
Wer wird sie ehrlich hier begraben?
Das ist zu schwer mir alten Knaben.

Kassuba und Polo springen herein.

KASSUBA.
Ein seltsam Haus ist diese Welt.
Es ist nicht fest gegründet,
Und wenn's dem Himmel nicht gefällt,
So wird es angezündet,
Und was nicht brennt, in Staub zerfällt,
So ist das Ende aller Welt.
POLO.
Der Himmel nach den Teufeln zielt,
Die drunten sich empörten,
Der Mensch steht zwischen und verspielt,
Denn beide ihn zerstörten.
Von unten wird der Grund durchwühlt,
Von oben ihn der Blitz abkühlt.
KASSUBA.
Drum schick dich, Mensch, in deine Zeit,
Und stiehl von allen Seiten,
Hier steckt viel goldne Heiligkeit
Bei vielen Sündlichkeiten.

Ja, hier muß es Beute geben, hier liegen die goldnen Heiligen verschüttet mit den beringten und goldbeketteten Ratsherren. Hier sieht schon ein neuer Rock für mich heraus, ich bin mit dem Schneider zufrieden.

BETTLER. Ihr edlen tugendsamen Leute, wißt ihr denn nicht, daß Caboga diese Nacht Ordnung stiftete, Räuber mit dem Schwert strafen ließ? Darum hütet euch, ihr habt auch ein jeder einen Hals.

KASSUBA. Wenn Caboga lebte, da brauchten wir nicht zu stehlen, da hätten wir Beute im Felde. Allein, das Blatt hat sich gewendet. Die Türken in des toten Herzogs Dienst, sie stürmten durch die eingestürzten Mauern, die Unsern sind geschlagen, und wenn wir nicht so rasche Beine hätten, die langen Feuerröhre der Türken hätten uns auch erreicht.

POLO. Nun wollen wir uns etwas sammeln und ins Gebirge fliehen. Da liegt ein Kerl, der trägt gewaltig schöne Ringe. Zieh ab.

KASSUBA. Er macht die Finger krumm, ich kann sie ihm nicht abziehen.

POLO. Der muß es lange gewohnt gewesen sein, krumme Finger zu machen.

PROCOLI *unter den Steinen.* Helft, hebt ab, ach, mein Kreuz.

POLO. Es muß jeder sein Kreuz tragen. Was gibst du uns, wenn wir dich retten?

PROCOLI. Den Beutel voll Skudi in meiner Tasche.

BETTLER. Das ist der Procoli, ich kenn die Stimme, der lebt noch unterm Felsenstück, indessen der Caboga starb. Hilf doch, Kassuba, ist's gleich ein schlechter Kerl, es ist doch ein Mensch.

KASSUBA. Ist das der böse Procoli, der unsrem toten Caboga Liebchen, Gut und Ehre rauben wollte? Da wäre ich ein schlechter Kerl, nahm ich sein Geld. Drei große Steine roll ich der Katze auf den Rücken, so sinkt er in den Höllenabgrund.

BETTLER. Gott mög es euch verzeihn, ich kann euch nicht ganz Unrecht geben.

PROCOLI. Ach ach Caboga, Gottes Hand, wie schwer!

Sie häufen Steine über ihn.

POLO. Er hat sein Denkmal, nun laß uns auch an unsern Vorteil denken.

Carofilli tritt mit einer Schar bewaffneter Weber ein.

CAROFILLI *zum Bettler.* Ist alles in der Ordnung? Alles? Kein Raub, kein Mord an der geweihten Stätte?

BETTLER. Sieh zu.

CAROFILLI. Im Namen der Zünfte: Jedem das Seine. Hier liegen große Schätze, viele Heiligtümer.

KASSUBA. Der Schatz ist mein, die Heiligtümer schenk ich dir.

CAROFILLI. Ihr von der Hölle ausgespienen Missetäter wollt reich an unserm Unglück werden. Greift zu und bindet sie.

POLO. Seid vernünftig, gönnt ihr den Türken dieses liebe Gut? Wir wollten es nur retten.

KASSUBA. Ihr wißt wohl nicht, was Christen sind.

CAROFILLI. Ihr schwärmt wie die Wölfe um die Leichen, statt wie die andern Christen mitzufechten.

KASSUBA. Das Fechten nahm ein Ende, als Caboga fiel; bis dahin haben wir, bei Gott, uns brav gehalten.

CAROFILLI. So wißt, es hat sich Großes zugetragen. Caboga war nur leicht verwundet, er richtete sich wieder auf und schlug die eingedrungnen Türken aus der Stadt. Vor ihm allein erzitterte der wilde Haufen, ein Engel mähte vor ihm her die Lanzen nieder. Der Sieger hat auf blut'gem Schlachtfeld, als wir ihm wütend nachgingen, die alten Rechte unsrer Zünfte aufgefrischt, wir schworen ihm die Ordnung zu bewahren. Ergebt ihr euch der neuen Ordnung, so sei Vergangnes euch verziehen!

POLO. Wir denken gar nicht, euch zu widerstreben, vielmehr aus Ehrfurcht gegen den Caboga ward ein Exempel guter Ordnung hier gegeben, der Feind Cabogas, der alte Procoli, bestraft und hingerichtet.

KASSUBA. Caboga lebt, die Türken sind geschlagen? Kaum kann ich's glauben, der ich ihre Übermacht gesehn.

POLO. Ja, wären wir dabei gewesen, wir könnten jubilieren mit den andern, nun kommt ein Neid mir an, ich gönne keinem dieses Glück, und möchte jedem es verkleinern.

CAROFILLI. Habt ihr am Sieg heut keinen Teil, des Sieges Segen, die neue gute Ordnung strahlet über alle, erhebt die Schwachen, die Gebeugten. Hört ihr den Freudenstrom, der brausend über alle Trümmer sich ergießt? Der Geist ist jedem heut erhöht, in fremden Zungen spricht das ganze Volk.

Caboga tritt mit mehreren Männern ein.

CABOGA. Ihr werten Herrn des neuen Rats, verkündet allen, die euch mir gesandt, daß ich so viele Macht, wie ihr mir anvertrauen wollt, in keiner Hand, auch in der meinen nicht, je dulden werde; der Mißbrauch liegt in dem Gebrauch, ein Heil'ger könnte nur die Grenze halten. Jetzt aber, werte Freunde, haltet ab den freud'gen Andrang dieses guten Volks, der öffentliche Dienst verlanget mich nicht mehr, das Menschliche übt seine Rechte, und wer verlor an diesem Tage mehr als ich? Der edlen Freundin blut'ge Leiche will ich hier zum letztenmal begrüßen, in meiner Almen Gruft will ich sie senken, sie reichte mir das Schwert, und ohne sie, wo hätte ich den Keim der Macht gefunden, die unsre Stadt geordnet und den Feind vertrieben?

RATSHERR. Wir ehren Eure Trauer und fühlen ganz mit Euch; wie viel die Stadt der edlen Fremden dankt; ihr Tod ist einzige Trauer dieses Tages.

Die Ratsherrn, Carofilli mit den Seinen, Kassuba und Polo sehen ab.

CABOGA. Ach, nicht der einzige Verlust ist mir Corneliens Tod an sie zu denken hebet meine Seele; doch wilder Schmerz verwirret meine Sinne, wenn ich in selbstgeschaffner Qual der Leiden mich ersinne, in denen die Geliebte unter Trümmern, unter Flammen, umsonst mit allen Kräften gegenringend, ach, mein wohl nicht gedenkend, auf immer von der öden Erde schied.

Die Leiche Corneliens wird mit Schwert und Lorbeerkranz geschmückt von Mönchen mit einem leisen Kirchengesange zu der noch stehenden Seite der Kirche hingetragen.

CABOGA. Sie können ruhig singen, wo mir's die Kehle zuschnürt, das Herz abstößt. *Zum Bettler.* He, Alter, warst du es nicht, der mir mein Schicksal in dem Lied verkündet, das du mir geschenkt?

BETTLER. Ich gab Euch, Herr, ein Lied, doch weiß ich nicht, was drinnen stand, ich griff's heraus aus vielen.

CABOGA. So wunderbarer ist die Hand, die es herausgegriffen. Hör, Alter, zu dir ergreift mich eine seltne Zuversicht, du hast ein lahmes Bein, und doch mußt du mich stützen. Ich habe alle Lieben heut verloren, die meinem Herzen nah, ich muß dich an mich drücken, daß ich ein menschlich Wesen mir befreundet fühle. Sieh nur, da tragen sie die treue Freundin hin, das Blut ist abgewischt, doch nicht der Tod von ihren Lippen. Ist etwas Gutes mir im Geiste aufgegangen, die edlen Lippen haben es gesät, hat heut mein Schwert für diese Stadt ein tüchtig Werk vollbracht, sie brachte mir das Schwert, als noch die Erde bebte, ein Engel schien sie meinen Leuten, der mir den Weg des Glücks bezeichnete, sie ist ein Engel jetzt, und ich bin ganz verlassen.

BETTLER. Herr, Herr, Ihr ehret mich zu hoch mit dem Vertrauen, ich sinne mich zu Tode, was ich Euch dafür geben soll. Da fällt mir ein, daß Ihr mit solcher Heftigkeit ein Jungfräulein hier angesprochen habt, vielleicht weiß ich von der Euch zu erzählen.

CABOGA. Was weißt du? sprich, es war Marina, die Nächste meinem Herzen, sie ist nicht mehr, sie ist verbrannt mit ihrem Hause, und diese Flamme möchte ich beneiden, und diese Asche will ich trinken in dem Wein.

BETTLER. Verbrannt? Ihr irrt, Herr! Sie kam mit Procoli hieher geflüchtet im ersten Augenblicke der Gefahr, sie war die einzige Jungfrau in der Menge, dort stand sie unter dem gewölbten Grabmal des heil'gen Bischofs, der die Kirche hat erbaut, als mich der Sturz des Turms betäubte. Und als ich auferwacht, da lebte ich, der ganz unnütze Alte, ganz allein, und all die schöne Jugend lag verschüttet.

CABOGA. O, du bist mir zum Heil errettet, du bist der Dank, den mir der Himmel gab für mein Bemühn um diese Stadt. Ich weiß, wo der geliebte Leib zu finden, du schenkest ihm ein Grab in meinem Herzen, und meiner Seele schenkest du den Frieden. *Die Mönche gehen in feierlicher Ordnung und Stille von Corneliens Leiche fort und zur Kirche hinaus.* So sind vereint die beiden Lieben, und näher will ich sie einander bringen, daß ich von jeder eine Hand kann fassen, so will ich ruhn; hier, sagst du, stand das Grabmal? *Er arbeitet an den Steinen.*

BETTLER. Es reichen eines Menschen Kräfte nicht, die schweren Steine abzuwälzen, und ich bin lahm und schwach, ich will Euch aus der Menge vor der Kirchtür starke Männer wählen.

CABOGA. Still, nein, denn das verbiet ich dir; kein andrer soll dies liebe Werk vollenden, aus meinen Schmerzen steigt mir Kraft, ich will allein die Liebliche erblicken.

BETTLER. Ich staune über Eure Kraft und Eile, zerstört Euch nicht, ich fleh Euch an, schont Euch für unsre Stadt. *Er hilft ihm.* Seht da, ein weiblich Kleid!

CABOGA. Ein weiblich Kleid, ihr Heiligen, ihr Kleid, wie werd ich sie erblicken? Noch einen Augenblick möcht ich zu leben haben.

BETTLER. Faßt Hoffnung, Herr, sie kann nicht ganz zerschmettert sein, der kleine Bogen an dem Grabmal hat sich noch gehalten.

CABOGA. Die Steine rollen wie von selbst herab, die sie verschließen! Gott, Gott, da liegt sie still und bleich, doch unversehrt. Marina! O, könnt ich meine Seele dir einhauchen, o nimm mich fort in deine Ruhe. Marina! O Sehnsucht, fülle nicht mein Herz mit Lüge, ich will nicht töricht mich mit Hoffnung täuschen; die Steine rollen unter ihr, nein, du bewegst dich nicht, Marina, der Zugwind spielt mit deinen Augenlidern, du hast sie nicht bewegt, und du erbebest nur im Widerhall von meinem Herzen.

BETTLER. Glaubt Eurem Glück, sie reget sich, sie schlägt die Augen auf.

MARINA *schwach*. Im Grabe Hingt des Treuen Stimme noch, dem Himmel Dank, der mir das reine Leben nahm, und dich zu mir in selige Nähe führte.

CABOGA. Du atmest, und du sprichst, du hebst dich unversehrt aus Schreckenstiefe.

MARINA. Erfüllet ist die himmlische Verheißung, wir sind erstanden zu dem Tage des Gerichts.

BETTLER. Wie schön wird einst der Jüngste Tag der Welt erscheinen, das lehrt uns allen Schmerz der Welt ertragen.

CABOGA. Ich bin so selig wie im ewigen Leben.

MARINA. Was höre ich, es schallen noch die Glocken der Sankt Markus-Kirche? Sag mir, Geliebter, ist es noch das vor'ge Leben, die Erdenwelt, die uns umgibt?

CABOGA. Die Erden weit verklärt in himmlischer Liebe.

MARINA. So sei mir lieb nur deinetwegen diese Welt der Schrecken und Vernichtung. Doch sprich, Caboga: wird irdische Gewalt mich wieder dir entreißen?

CABOGA. Der Vorzeit ernste Strenge trennt uns nicht mehr, die Feinde unsrer Liebe können uns nicht schaden, das ganze Land, dem ich die Freiheit gab, wird dich als meine Herrscherin verehren.

MARINA. So mußten alles Unglück wir bestehn zur Wonne dieser Stunde, und du bist mein, und ich bin dein, es ist mein einziger Gedanke, und wie auf Wolken schweb ich selig dir im Arm, und deine Augen sind mir Himmelssterne.

CABOGA. Wir sind zu selig, wir zwei beide. Eröffne das verschloßne Tor, mein alter Freund, daß meine Treuen, daß die geliebte Stadt mein Glück mit Jubel preise, wie sie mein Unglück schonend hat geehrt.

BETTLER *öffnet das Kirchentor.* Nun tretet ein, ihr Bürger, Caboga rufet euch, er kann mit euch sich wieder freuen.

Es gehen Mitrovich, Carofilli, Hitrov, die netten Ratsherren, die bewaffneten Scharen in stiller
Ordnung ein.

MITROVICH. Caboga, sage an, was ist geschehn, ich hatte mich bisher vor dir versteckt, um nicht mit dir zu trauern. *Er sieht Marina.* Sie lebt, Marina lebt. O, nun begreif ich, daß du dich mit uns kannst freun.

CABOGA. Ihr schaut des Himmels Gnade hier in diesem Angesicht, vernehmt mein ganz Geschick. Cornelia, die edle Flamme, die mir der Ehre Bahn bezeichnete, erlosch im letzten Sturm des Feinds. Ihr Denkmal ist der Schmerz in eurer Brust, die sich des Danks nicht mehr entlasten kann; was sie für mich getan, geschah für euch! Den tiefsten Schmerz, der mir allein nur eigen, verschwieg ich euch. Ich trauerte zugleich um diese Braut, die von der Erde durch Feuersflammen mir entrissen schien. Sie ist erstanden; dies heil'ge Grab hat sie für mich bewahrt, so wunderbar ist Himmelsgnade!

MARINA. Ja, wunderbar und gütig ist der Herr, und alles Heil'ge wirkt in seiner Kraft. Dem Herrn zu danken ist die einz'ge Sehnsucht, nachdem ich dich gefunden, nachdem du mir verbunden.

CABOGA *führt sie zu Corneliens Leiche.* Hier ist sein Altar. Bei diesem festen Herzen bete, hier sage Dank mit deinen reinen Lippen für alles Herrliche, was dieses Leben, neu gewonnen, uns verspricht. Mich hat ein himmlischer Gedanke neuer Tätigkeit ergriffen. Ihr Männer, steht mir bei.

MITROVICH. Bereit ist jedes Schwert, dein Wort gibt Kraft den Müden.

CABOGA. Der Kraft bedarf ich, nicht des Schwerts, zur Arbeit geht es aus dem Kampfe. Wie viele edle Bürger unsrer Stadt, die hier versammelt waren, kann dieser Schutt bedecken, wo ich Marina unverletzt gefunden; und retten wir auch keinen, so ist's doch unsre Treue, die sich dadurch bewährt.

VIELE. Wir sind bereit, wir folgen dir, wir finden sicher von den Unsern auch am Leben, die Schwachen können wir erfrischen, und die Beschädigten noch heilen.

CABOGA. Ja, schwört, nicht eher von der Arbeit abzulassen, ich teil euch ein zur Arbeit und zur Ruhe, so lange noch ein Bürger lebend oder tot hier unter Trümmern kann geahndet werden. Der Seinen Schicksal soll ein jedes Haus erfahren, mit treuem Arm die Lebenden erwecken, die Toten in geweihte Erde legen.

MITROVICH. Ich schwör in aller Namen, doch laßt uns lieber jeden andern Ort zuerst durchwühlen als diesen, wo Eure Feinde, die Feinde unsrer Freiheit sind verschüttet.

CABOGA. Sie können mir, sie können euch nicht schaden, die alte Zeit ist ausgetilgt im Schrecken, durch unsren Sieg ist eine neue Welt und Stadt geschaffen, ein anderes Gesetz ist neu begründet, wir sind von Gottes Gnaden freie Männer, doch denkt daran, daß diese auch zu ihrer Zeit durch Gottes Gnade uns beherrschten, für uns gedacht, für uns gehandelt haben, daß wir von ihnen vieles lernen und erfahren können, was unsrer Stadt kann frommen, denn viele Heimlichkeit bewahrten sie vor uns. Und war das nichts, sie sind die Nächsten hier, dem Nächsten reichen wir die Hand. Zur Arbeit frisch, als wär's ein Ehrenkampf.

ALLE. Zur Arbeit frisch.

EINER.

»Ragusa«, rufet der Schiffer in See,

»Gern werf ich die Anker auf deiner Höh:

Wo find ich dich, Hohe, dies ist wohl der Strand,

Doch fort sind die Werke von Menschenhand,

Zum Himmel erhebt sich kein Schloß und kein Turm,

Es wankten die Sterne, ich irrte im Sturm.«

VIELE.

Was klagest du, Tor, erhebst ein Geschrei,

Mit dem Himmel zu zanken,

Daß er dich sicher führte vorbei,

Wo Felsen noch wanken?

EINER.

»Ragusa«, rufet der Schiffer im Sturm,

»Du Stolze, hier standst du mit Schloß und mit Turm,

Die Schollen der Erde verschlangen dich schnell,

Viel sicherer trägt mich die Meereswell.

Ich stehe hier fester im hölzernen Haus,

Auf schwankendem Schiffe in Sturmes Graus.«

ALLE.

> Die Erde erbebte, Ragusa wird frei,
>
> Und dem Himmel ergeben,
>
> In ihrem tiefsten Jammergeschrei,
>
> Erwachet das Leben.

EINER.

> »Bleib, Schiffer«, rufet der wimmelnde Strand,
>
> »Ragusas Erde schlug Gottes Hand.
>
> Er stürzte den Palast, die Hütte stand,
>
> Dem Todesgefangnen sprang Kerkerswand,
>
> Die Erde gebar in Schrecken das Heil,
>
> Die Freiheit wurde uns allen zu Teil.«

ALLE.

> Die Erde wird fest, die Erde wird frei,
>
> Laßt den Himmel durchbeben
>
> Von unserm ersten Jubelgeschrei,
>
> Caboga soll leben.

EINER.

> Caboga allein, er rufet nicht mit,
>
> Beim Jubel der Freiheit, die er uns erstritt,
>
> Er suchet und sammelt sein einziges Gut,
>
> Die Asche Marinas, Corneliens Blut,
>
> Da steiget Marina aus Trümmern zum Thron,
>
> Begrüßet ihn bräutlich wie himmlischer Lohn.

CABOGA.

Die Erde steht fest, die Erde ist frei,

Laßt dem Himmel uns danken

Mit unserm ersten Jubelgeschrei,

Mit unserm letzten Gedanken.

Fußnoten

1 Dies Kommandantengreifen ist historisch. S. Alten und neuen Staat des Königreichs Dalmatien. Nürnberg 1718, S. 229.